钱万成——著

刀成作品选

记 杂说

散文卷 V

时代文艺出版社

目　录

散　记

杂　说

· 散记 ·

1993：灰色咏叹

一支骆驼牌香烟在燃着。闪闪的火头洞穿了沉沉的夜。

钱，大把大把的钱纷扬如雪，天空变得美丽而温馨。

一双又一双眼睛，一颗又一颗星星。忧伤的美丽，喜悦的痛苦。

时光从烟火头烫出的洞里流来流去，雪花渐渐地消融，剩下的只有眼睛，沉思的眼睛。我仰在椅子上，手中的杂志落在地上。钱，钱，朋友们刚刚讨论过的话题。这种能使鬼推磨的东西，已不再被人藏藏掖掖，捧在手上，摆在桌上，挂在嘴上，更放在心上。有朋友说，白道里来的钱已入不敷出。有朋友说，黑道里来的花了就走上绝路。有朋友说，那就多赚点灰道的钱，保证又没风险，又能致富。啊，灰道，灰道，来钱之道。

现在，人的主意都变成了商品，一句话就可以卖几千几万元，那么权力为什么不可以变钱呢？钱，虽是身外之物，可你想它它就会来。

某日上午，朋友打来电话，说他有一个亲戚要来见我。门开了，一位五十上下的小镇强人，坐在沙发上镇定自若。

"您是××吧，我是××的××的姑表舅。今天找您的事儿，他已和您说了吧？！我不会让您白帮忙，更不会让您找的人白帮忙。"

一沓全新的钞票放到桌子上。

"这事我办不了。"

"嘿，您开玩笑，您是××的红人，又和××关系密切，怎么能办不了？这是小意思，事成之后我一定重谢！"

"真的办不了，这事不同别的事。您儿子是犯罪判刑，花钱买命是旧社会的事儿，现在花钱减刑也只有美国可以，在咱这儿不行。要么就把我送进去把他换出来，您看行吗？"

"您甭寻我开心，这事儿我懂。我们县里一个股长说话就好使，您说不行这是懵我……"

门，砰地关上，朋友也瞠目结舌。

我自叹没这能耐，只好任飞来的钱又飞走。活该受穷。

可我的另一位朋友，却比我"开事儿"。他在一家物资供应部门管调配，一批在市场上无法搞到的紧俏货调拨单，因其公出在手里多压了两天，晚上便有认识与不认识的人来敲他的门。

"××在家吗？"

"您是……"

"我是××公司的××，听说您出门了，挺辛苦吧？我来看您！"

"谢谢！"

"谢什么，您对我们公司历来都那么关照，要谢您还来不及呢。听说这回××货又到了，您还得高抬贵手多给一点。"

"哎呀，那都是带标来的，大家都在盯着，我也不好办呢！"

"那是，可您是县官不如现管，只要您肯使劲儿，什么问题都没有。"

朋友"义气"，这天晚上来的五份都给办了，交了五个朋友。后来吃穿住行便都有着落，米、面、油、肉有人供应，流行时装有人代买，要换房子有人帮忙，要去办事有人派车。朋友说他从不收取贿赂，那是犯罪，这是礼尚往来，是交情。

朋友的朋友是某部门的人事处长，为许多同志办过诸如子女就业、亲戚调动的事儿。每年春节我们去他家，都见许多不忘恩的人们前来致谢，或烟或酒或糖或茶或衣或物送来许许多多。我问朋友这算不算受贿？他说，这也不能算，一是送者情愿，二是曾有过从。这也是交情。

这是权力的交情，和收红包有所不同。收红包者已不在灰道范畴。灰道者有人情味道，黑道收红包者系索贿受贿，党纪国法不容。

也有一种权力灰道创收者已接近犯罪的边缘。如报载：某烟草公司一大权在握的办事员，其弟承包了一家福利商行。与个体烟贩相互勾结，将私人烟款汇至商行账下，然后以商行名义汇至其兄公司，以批发价套买各种紧俏香烟，再交与烟贩销售。他们以此种手段瓜分偷逃的国家税金三十余万元。当然，这位弟弟最后受到了法律制裁，但其兄大权仍握，他会不会因其弟受绳就断了灰色财路呢？没人能够回答。

正是华灯初上时，一些人在吃喝打牌看电视，一些人在闲聊观书写情诗，而这些人，则是八小时以外工作的开始。

镁光灯将小屋照得如同白昼，灯下是一台四通打字机。一位年轻女子正聚精会神，手指如按琴键，演奏着夜之诗。这不是办公室，也不是打字社，这是一个无牌无照的打字间。主人我称之为A，取其为扑克牌里尖子的意思。她是这一族人里的尖子。一天，她单位里的微机出了毛病，正巧有一份急件要打，头儿就让她去了打字社，一张十六开纸收费四元，一张八开纸收费八元。一个小时打了八页十六开纸，收去三十二元。小A心痒了，因为她的速度远比打字社小姐的速度快。这一夜她夜不能寐，她想到了钱，比她工资多几倍几十倍几百倍的钱。她把这个想法告诉了丈夫，告诉了母亲。于是凑钱买了四通，开了这间打字间。她白天上班，由丈夫靠关系拉活，由母亲找活。晚上回来挑灯夜战。据A说，她无牌营业六个月，那台机器钱早已回来了。

比起小A，小B的钱来得更容易更潇洒。B是一家机关的文书，就是比公务员清闲自在但却要八面玲珑的那种。B家境一般，父母都是工人，处一朋友虽居白领阶层，可系刚出校门的乡下小子，每月工资还不够卡拉OK一把的钱。可新近小B及其男友突然大款起来，上千元的进口时装，几百元一只的豪华皮手袋儿，耐克鞋，金饰品，摩托车，应有尽有。哪儿来的钱？非偷非抢，亦非作盗作娼。原来B从小就能歌善舞，早期被一位开歌厅的朋友看上，可朋友的朋友暗使钱财，B现在两家歌厅轮流上岗。每当夜幕降临，这一对情侣便开上摩托车东奔西忙，灯红酒绿，鲜花掌声，钱就在这快乐的气氛中源源而来。老板一半儿，小B一半儿，小B的朋友也少不了，他是她的经纪人。白领已没有大款这么风光。可他们并没有脱离那个大家都赖以为生的集体，他们想的是什么，他们从不肯讲。但他们的同事都说，小B和小B的朋友将来准不会比我们的职位低，因为他们已发现了某种迹象。

C是我的挚友，我们在一个泥坑里撒过尿，在一个学校里偷过粉笔，在乡下一起杀过狗宰过羊，烧过抓来的鸽子。

他头一年回城进了一家工厂的电工室，我第二年招工也认了这房子的主人当师傅。C是我的师兄，心灵手巧又勤快，很快成了师傅身边的红人。我则属身在曹营心在汉之类，有事没事总看书。师傅当初就断言，我这辈子吃不了这碗手艺饭，于是对C师兄更加偏爱。后来我入寒窗，师傅也退了休，C师兄就在那里挑起了大梁。前些时我在一个家电中心遇见了他，他正为一对准备结婚的男女挑音响，见我便拉住问长问短问孔方，我说干我们这行的是清水衙门，没有大富大贵，也不至于吃糠咽菜。他说："咱们厂现在也不行，可我不在乎，我开了一个修理部，没牌没照，白天上班晚上干，没说没管，每月也有几千元的进项。这不，被他们拉来选电器，这也是我服务的一项。"他还说，他儿子已议价送进了一所重点校，老婆也花钱调换了单位，现在是有事去办没事回家，看摊望门带做饭，方便得很。他说，单位如今年再不给分房，他就不干了，免得天天晚上拼死命，反正手头的钱已够买套三居室的标准房。

笔者还有几位朋友是小车司机，是一些有头有脸部门的司机。他们也跨入了灰道挣钱的行列。当然，他们不同于那些不守规矩的个体车主，赌博的嫖娼的，不管什么人给钱就拉。他们在班上工作出类拔萃，每年都会评个先进当当。他们的收入来自六天工作制之外，也就是每月的四个星期天。他们的活儿也决无二致，清一色地拉新娘。车型不一，车况不一，雇主不一，款级不一，给钱多少全凭赏。百元有之，五十元有之，再多者有之，但再少的却没有了。据我为他们估算，这项收入肯定比正班的二十五天赚得要多得多。能赚得这份钱的还有那些录像师，他们比司机更受青睐，因为有录像机的主儿毕竟比汽车少得多。我一校友在一宣传中心工作，放文章不做，放书不写，偏偏爱上了东奔西走这一行。先前大家都不理解，直到有一天他把我们聚到东方大酒楼海喝一顿，我们才知其中竟有如此奥秘。

据笔者调查，利用第二职业赚取灰色钱财的还有技术人员、会计、律师、教师等等。朋友有位朋友，是一家国营厂的技术科长，他从1998年起，利用业余时间为光机所、物理所，以及一些街、乡企业设计加工各种模具。平均年收入三万元，是他年工资的二十倍。去年，他被提升为该企业的副总工，他不无感慨地说，这回要断了财路了。

在这些灰色收入中，最令人难于理解的就是教师在八小时以外的收入。这种收入往往通过补课方式实现。前两年社会上都喊学生负担重，现在则是家长负担重。一般学校学生的周补课费都在5～7元左右，有的巧立名目收费更高。如学生真需要补课还好，有的学校下午的课时安排自习，晚上加点讲新课。这是补的什么课？有知情者说，不这样做就无法收补课费，就无法发每月一百元的"奖金"。这也算灰路钱财，可太不仗义。天下父母如闻此说，定会为之动容。

君子不言利，女人不问钱，那是老几辈子的事儿，时代变了，观念变了，大家都有血有肉，都吃粮穿衣，没钱怎么行？

这是间不大不小的书房，虽门楣上没有什么斋什么屋一类的匾额，但那乱七八糟的书籍可以作证，这肯定是书房。

我按门铃的时候，S兄还在梦里。三遍，门里才有不耐烦的叫喊声。"是你呀，还活着呢！"

"当然，还等着送你去朝阳沟呢！"

哈哈，哈哈，一个去穿裤子，一个进书房。

写字台上满是书，满是纸，满是烟尾巴。看来这家伙是在玩儿命啦。翻翻那稿，熟悉的字，陌生的词。什么转变企业经营机制，什么注重广告效应，什么税前利、税后利，什么法人、法人代表、侵权行为……这是什么，乱七八糟。主人笑了，红眼里满是得意。原来他是硬充企业理论家，在撰写《现代企业管理论谈》。奇怪的是，那书稿署名并非S，而是某企业家。

我愕然，他却笑笑。

"这已经是第三本。"他说。

"为什么这么干？"

"为钱。"

之后便是滔滔不绝的叙述。如××请他代写了一本书给了多少钱，××出了他写的书后，不但改变了大老粗形象，还被聘为×报刊的顾问，××论文大赛评委会主任，××学术团体理事会理事等等。然后又领我走进卧室、会客厅，摸摸音响，看28寸日本彩电、美国冰箱。这都是这种不记名劳动所得。看来这些稿费比写小说写诗歌来得容易，来的气派。一手钱一手货，神不说鬼也不说。如不是被我撞上，我还以为S兄仍在玩儿他的小说。

和S一样，D这几年也是大有收获。先是在报刊上为企业家们写各式各样的报告文学，之后就是出书。钱，自然不用他这记者操心，企业家们慷慨地赞助。后来这一招被更多的聪明人学去，他们把目光盯在那些想用公家钱买自己名的所谓"企业家"身上，上报时赞助一次，出书时再赞助一次，书出来再卖给他们。据D说，他的追随者们比他还要高明，当然，比他更要实惠。我这样写，并不是反对文学和新闻工作者为企业家们树碑立传，更不是反对为改革开放擂鼓助威。也不是反对我们这些穷酸朋友用汗珠子换几个小钱。我只想让文学和新闻更纯一些，让我们赚得的钱更光彩一些。

相较之下，机关里的文士们便有点可怜兮兮了。他们也卖文字，可那文字没有前述两种卖得值钱。他们煞费苦心把文件编辑成册，名之曰《××文件汇编》，出版后发给基层，收回几个小钱。之后再将汇编加上说明，变成《××指南》，再发一次，再收几个小钱。可这都是集体创造，分列每人名下，便显得十分可怜。

生财有道，灰路不一，你可在桥上过，我可在水中游，还有那些鸟儿，总用翅膀拍打着天空。

"买书吗？有车票报销。"

"买打火机吗？有车票报销。"

这种声音从十年前开始，在大小车站顽强地叫到今天。叫卖者有男有女，有老有少。他们是干什么的，从哪里来你无法知道，你只可知道他们正在你面前兜售书刊杂志、打火机、家用电工工具。你花十元，他就给你十元的车票，你有理由就回去报销。钱他赚了，物你得了，吃亏的自然是公家。公家，公家，大家的家吗，谁得了还不好？！更搞不清的是他们手里的那些车票，有税检章，有编号，从何而来？除了他们，谁也无法知道。

有一种票据的来路是可以知道的。

在一家商店里，一个顾客来到针织柜台前。台里马上招呼："想买羊毛衫吗？您可找对地方了，这儿样子最全，质量最好。"来者犹豫，欲走未走。台里马上又说："还有啊（十分神秘地），我这儿可以给你开发票。你看（指指顾客手中）你不是买办公用品了吗，就开个计算器，准没有问题。"于是，这一交易便算告成。

我问过一位在商店里当经理的朋友，为什么允许柜台采取这种手段销售？他说，本来也是不允许的，谁都知道那是违反财经制度。可不这样不行啊，有些有门道的主儿有这个要求，你不答应他下次就不来买了。反正是两相情愿的事儿，你不出事儿，我就没责任。就是你出了事儿，你也得自个儿兜着，与店里没太大干系。现在，柜台又包给了组里，店里就更得睁一只眼闭一只眼了。他说的全是实情，我亦据实而录，不知道读后做何感想？

我在写第一稿时，这段文字的标题是"漫天票据及其他……"这"其他"里就包括买药品（当然是大批批发）能买来电饭锅、电热杯、手提包等等。不是送的，也不是偷的要的，那是药品"包装"，买药时必须带着。这"包装"里还有包装，那才是真包装。这叫买珠带椟，珠交公用，椟为己有。还有买锅炉，买大型器械能带来音响、录放机、微波炉、抽油烟机等等，这不是包装，这叫厂家或店家赠送，赠送不等于贿赂，这是现今的销售政策。其实，哪个厂家或店肯做这亏本买卖，那钱早都打到大件的成本里了。

至于一个人公费全家医疗，爷爷报销孙子吃药的事儿就更不足为奇，机关有，学校有，工厂有，街道有。只要你和医院搞明白，让怎么开就怎么开，反正花的不是个人钱。如是种种，国家的钱，公家的钱，通过灰道源源不断流入个人腰包。不是没人知道，是知道了不知怎么来管。你这样干过，他也这样干过，平民百姓也干过。法不责众，大家都这样，谁还管谁？

改革开放，不等于没说没管；鼓励创收，不等于什么钱都可进兜。政策需要调整，道路更需要引导。

文章写到这里，有电话打进来。

"是××吗？"

"是我。"

"我想和你谈个问题。你说你那篇稿子要谈灰色收入，我们头儿说这是热点，不知你文章里想谈什么？"

"当然是钱，工资以外的钱，又非贪污受贿的钱。说明白点，就是业余时间劳动所得，或通过个别渠道流入个人腰包，又未触犯法律的钱。"

"这我明白，可为什么你要叫它灰色收入呢？"

"这不是我的发明。在我之前，早有人将收入分为三类。其一为白色收入，即工资、奖金，以及其他有名目的钱；其二为黑色收入，即贪污受贿，或抢或偷的不义之财；其三便是灰色收入。界于黑白之间，这钱来得既有合法成分，又有不合法的部分，就像有些事只能意会不能言传一样。"

"那么，照你的意思，这灰色钱路是否应该堵死？"

"我不敢这么说。"

"那么好吧，我们期待着你能给读者一个满意的回答。"

电话挂了，我知道编辑大人在为这篇稿子担心。其实，我自己也没有把握保证读者满意。我只是想和大家谈谈这些现象。它们伴随改革开放而来，有些是人们思想解放的象征。比如开展工作外的第二职业，这在沿海开放地区早已实行。它不单是人们劳动致富的一种途径，同时，对提高民族素质，促进社会安定亦起到了巨大的作用。但有些现象，也反映出我们社会还存在许多不正之风，诸如以权谋私、损公肥私等等。这就要求我们要正视现实，特别是要正视改革开放后国民收入格局的变化，正确分析新的分配渠道和方式，因势利导，使之向合理化方向发展。要把正当的第二职业收入与采取不正当手段谋取的利益严格区别开来。调整分配结构，严肃分配制度、税收制度。更要使灰道逐渐与白道并拢。这才能使人民富裕国家繁荣。

电话又响了，但愿这一次不是询问关于这篇稿子的事情……

迷失在钱道上的孩子们

在数以千计社会成员热衷于第二职业的今天，从那条尚未踏宽的路上走来了一群又一群孩子。他们的个头有高有矮，他们的年龄大小不齐。大学生、中学生、小学生，书包里背的是书，口袋里装的是钱。打工、经商，五行八业什么都干。他们中有的是迫不得已，有的却是出于自愿。但无论是哪一种，我们都无法硬性阻止，因为他们也是这个社会的一个分子，他们同样有着自己的选择权。可我们又不能不为他们忧虑，他们毕竟还小，他们应该属于学校，应该属于书本和画册，属于天真，属于烂漫。可惜，他们已经不在乎这些，他们想到的只是钱，钱，钱……

谁说鱼与熊掌不可兼得？那是过去的说法，什么事儿只要敢想敢干，说不定都能成为现实。

小B坐在我的对面，他很不喜欢我这种家长询问孩子式的语言。他说："您能否换一种语气？不然，我们已经没什么好谈的了。"看着他那张充满稚气的脸，我直想哭，看来我把这个刚满十八岁的孩子看得过于简单了。

　　"好吧，我们以另一种方式开始。"我说。

　　他笑了。把一包香烟放到大学宿舍里特有的桌子上，"您自己来。"典型的一种生意人的潇洒。

　　他告诉我，在这间宿舍里，他还算不上"首富"，"首富"当属于这间屋里的老大。老大家在西柳，就是那个专搞服装的地方，入学不久，老大请了三天事假，带回两提包衣服来，先是周日自己去蹲市场，后来就干脆甩给了小摊。这一次他就赚了八百块。再后来，他几乎每月都要利用周六、周日往回跑，包了两三家服装摊。入学不到一年，这位大哥据说已有四五千元的进项，不但不要家里一分钱，有时，还要往家里寄钱。

　　在这位"老大"的影响下，全宿舍的哥儿们几乎都谋了第二职业，有的去个体餐厅刷盘子洗碗，有的也倒点东西，周日到街上练摊。B是聪明人，有南方特有的精细，一眼就盯上了文化生意。倒过贺年卡，卖过纪念册，也推销过廉价贩来的毛笔。他是光复路和黑水路市场里的常客。张口可报出所有文化用品的价格。他说他这生意发不了大财，但抓住几个季节，也绝对够过。他说，他才上大学一年级，学校管得还紧，对长春的环境还不十分熟，如果再过两年，条件成熟，他想办个文化用品公司，专营大学生消费品。他自己当老板，雇人跑业务，这样便可两不耽误。

他说，现在大学里他这样的算不上有钱，高年级里才有真正的"款爷"。他认识一位，是搞书的，但不是摆摊的书贩子，用他们的话说，那是书商。有的教授编了书出不了都得去找他，他若说成，准成。他早已进了二渠道的网，可他从不抓凶杀色情那些无聊的书。他的目光盯在热点问题上，据说，去年一本书就赚了七八万块。别人担心毕业了没处去，可他早就有了主儿，且说有好几处在争。但他说他绝不干专业，他必须找个地方去当总经理。

和男孩子比起来，女孩子赚钱更容易。她们最普遍的职业是当家教。大抵算来有十之六七。有的是熟人介绍，有的是自己去找。百货大楼、地下商场、国贸中心是她们自发的"人才市场"。几乎每个周日都可以看到她们三五成群，或举牌觅主，或叫喊寻聘。下面是笔者在重庆路书店前见到的一幕。

两个女孩子举着纸牌站在路边，上书"师大学生，愿当家教"。下有数排小字，诸如可教语文、数学、外语、美术云云。一老者前来搭讪。

"一个月多少钱？"

"那得看管不管饭。"

"管饭，多少？"

"八十。"

"不管呢？"

"一百贰。"

老者摇摇头，走了。一辆黑色奥迪开过来，司机打开车窗攀谈。

"教中学生多少钱？"

"那得看什么条件？"

"我家有房，可吃可住，我女儿读初三，可以和她一个房间。"两个女孩儿对视一下，似乎在商议答案。几秒钟后，高个子说："能不能带我们去你家看看？"司机想了想，打开了车门。给路人留下一串感叹。

我问小B："前些时候报纸上说，大学里有女孩子去歌舞厅当陪舞女，想如此赚钱，你对这个怎么看？"她很气愤地说，"那是胡扯。在这点上学校管得可是很严。我们可以在校内办舞会，但绝不允许去歌厅，要说有，那都是传言。"

"那你们整天想赚钱，不影响学习吗？"

"怎么说呢？说不影响，那也是扯淡。可学习那玩意儿过得去就成，也用不着犯难。过去的学生学好了为争奖学金，现在谁还在乎那几个钱？"

您听，回答得多么简单！

钱，在他们看来钱比知识更为重要。当然，这只是个别现象，更多的人是既想得知识又想得钱，称之为鱼与熊掌兼得。可人的精力有限，特别是这些刚刚长大的孩子，在钱与知识面前，有几人能做到两全？

赚钱不是大人们的专利，十几岁的孩子也可以自食其力养家糊口，甚至成为同龄人羡慕的小小"富翁"。

"明天南湖去不成了。"

"咋地啦？"

"我得帮我妈去上货。"

"我也不去啦，我姐家的饭店今天开业，我得去给她刷盘子。"

"给钱吗？"

"当然啦！"

"多少？"

"我姐说，如果我每天放学去干三小时，周日再干一天，一个月至少给我二百五。"

"太少了，大林帮他哥看摊，一个周日还给二十呢。还有咱班李小莉，每天放学给她小姨看孩子，管吃管住，一个月还给五六十元呢。你得要三百，不然不够本。"

"那咋要啊，我姐会生气的。"

"嗨，生什么气啊，她雇别人不花钱啊？给那么一点儿谁给她干啊，我帮我妈上货，一次她还给我十元呢！"

"你小子真黑！"

"什么黑？这叫劳动所得，比要钱痛快多啦！"

这是周六早晨我在楼前听到的一段对话。两个孩子都是我的邻居。甲，在四楼，他母亲在原全安农贸市场里摆日杂货摊，现在那一片小区改造，市场搬到了全安广场，东数第八位便是他家的摊儿。乙，住六楼，姐姐在解放大路上开一家饭店，周日开张，说不定哪一天您光顾此店，会遇见洗碗的小儿，千万别忘了问他的工钱长没长。

据外地一些报刊介绍，目前各大城市中学生"打工"现象十分普遍，甚至与日见涨。有的是经父母、亲友介绍到商店、工厂劳动，有的帮邻居照顾老人小孩儿，有的也自个儿练摊儿。

其实，这些现象在我们这座城里也随处可见。比如练摊的，我认识这么一主儿，他叫三儿，父亲是一家国营厂的工人，母亲是一家商店的营业员。三儿每个周日都提一包衣物到全安广场去卖。先是把一块破布铺到地上，然后再把各种商品摆上。衣服、手套、鞋垫、袜子、帽子一应俱全。全是商店里卖不出的积压货，大概是处理的时候，他母亲全都弄回了家。三儿卖东西从不和人讲价，他把价钱用粉笔写到地上，你看好了就自个儿来拿。没事的时候他就看书晒太阳，看的都是什么《女神圣斗士》《日本小猴王》。一天下来，钱可以赚来一打儿，书可以看一摞，别人回家他也回家。整的交给大人，零的留下自己花。三儿是同学中的"富翁"，电子游艺厅、卡拉OK厅、台球厅都可以看到他。他出手大方，很多小伙伴都十分喜欢他，也羡慕他。可他的学习成绩却十二分的不理想，排在最后一位，很少不是他。可他满不在乎，他说好不好无所谓，你看老师有知识，可他们没钱花，总让我们交这个费那个费，一个月分点儿奖金还不如我一天赚的多呢！他说，如果考不上高中他也不想再念，到时候去地下或者在贵阳街整个床子，保证不会活得比你们这些学习好的差。

三儿的想法代表着这一拨孩子的心态。他们涉足社会，明白了一些正常孩子还不明白的问题。比如有知识的人不一定有钱，有了知识也不一定就前途无量。像人们所说的"造导弹的不如卖鸡蛋的，造飞机的不如卖烧鸡的，站讲台的不如站货摊的。没文化也同样可以当'大款'，家里安电话，手拿大哥大，出门打的士，吃饭不回家（进饭店）。"他们把"大款"作为自己的人生目标，认为只要有了钱就可以要啥有啥。

我还认识一个孩子，他家住在郊区，现在至善路市场给一家鸡贩子当伙计。他今年十六岁，应该上初三，可因为学习成绩不理想，父亲便让他退了学，来到这家帮人贩鸡。他的任务是去养鸡场或乡下农户家收鸡，然后送回市场杀了交给主人去卖。主人管吃不管住，每月工资一百二十元。我问他，是不是低了点？他说，"当然低。他们城里雇乡下的都这么低。"他这一份还算好的，他的几个同学有的给人当小工，有的给人家放牲畜，收入待遇还不如他呢。他很满足，也很有心计，他说，他现在就当跟老板学徒，过两年就自己干，贩鸡很赚钱。那天，去买他鸡时，很为这孩子可怜。小小年纪当了"长工"。同时，也为我们的教育忧虑。据说现在学生"三率"非常稳定，及格率、升学率总是上升，流失率总是下降。可这些流失的孩子是哪儿来的呢？他们都不占指标吗？他们是自愿的出来赚钱，可他们也同样要为钱付出代价。他们没有快乐，他们比三儿他们更值得同情。

一群"小儿郎"一边上学，一边经商，童子军又出现在大街小巷，让人忧虑，也让人感伤。

这不是编造的故事。

笔者有个五岁的妻侄女，有一天带了一件一元钱买的塑料玩具去外婆家。外婆家有个小弟弟非常喜欢这件玩具，外婆就商量她。她说："行吧，但是你得给钱。"

"给多少？"外婆问。

"两块。"她想了想说。

"太多了。"

"多？那我不卖啦！"

"行！行！就两块。"

这件玩具就这样以贵一倍的价格成交了。回到家里，爷爷问她为什么这么做？她说："咱家小铺的东西不都得加价才卖吗！"家人们当时目瞪口呆。商品意识对一个五岁孩子竟产生了这样大的影响。那么，对更大一些的孩子呢？不是可想而知吗？

　　儿子的同学常做文具买卖，有的把用过的笔转卖给别的同学，有的把看够了的小书卖给别人，有的把玩具卖给别人。这是校园里的交易，更严重的是街上的社会交易。比如有的孩子放学后帮大人看书摊，八九岁的年纪竟也会讨价还价。有一次我去平阳市场，见一书摊上摆一套香型小丛书，欲买却没找到摊主儿。喊了一嗓子，身边的小孩急了。"你嚷什么啊，我不是在这儿吗？"

　　"你？"

　　"我怎么啦？你不就是买书吗？"看他没有书案子高，说话竟如此之冲，弄得我哭笑不得。

　　近一些时候，特别是寒假以后大街上的报童忽然多了起来。

　　"卖报，卖报，影视周报。"

　　"卖报，卖报，视听导报。"

　　街口、路边、广场、公园，随处可见。听着那稚气的叫卖声，似乎有一种异样的感觉。这不是30年代，也不是白区街头，那些孩子更不可能是地下党的耳目，他们是为了钱。我真不知这些孩子的父母做何想法？竟忍心让那么幼小的生命去站立街头，让纯洁的灵魂去接触铜臭。诚然，这其中定有一些原因，诸如企业境况不好，家庭生活困难等等，但是，为什么要把这副担子压给孩子呢？他们还小，他们是嫩芽，他们需要阳光雨露。

诚然，孩子经商就整个社会来说还是少数，但这少数的影响却不可低估。特别是在市场经济日趋繁荣的今天，赚钱已成为社会的共同观念。从政者下海，为文者下海，搞学术的也下海。可我们的孩子呢？我认为还不能让他们下海。至于已经下海的孩子们，他们也许在不久的将来会成为"大款"，可他们不应该成为我们推崇的对象。因为他们将成为新的文盲，他们越是有钱离文明将会越远。如果再过十几年，几十年，仍像现在这样，让硕士、博士去为"大老粗"（文明的说法叫技术人才）打工，让无知有钱者领导有知的无钱者，那就意味着文明的衰退，将是民族的悲哀。

都市文化忧思录

随着社会主义市场经济的发展壮大，文化商品化倾向已经越来越明显。从海马影视剧的明码实价到周末版面稿酬的提高，无不表明文化商品的升值。作为文化人，劳动得到社会的进一步承认，多年来得不到公正待遇的精神产品第一次在价格面前找到平衡（或趋于平衡），这确是一件值得庆幸的事儿。但与之俱来亦有一些现象堪忧，如不及时纠正，任其滋蔓，将对新时期文化发展置下障碍。这里，仅就笔者目之所及，录示一二，供关心文化发展的朋友们一同思考。

A 沸沸扬扬说"周末"

据国家新闻总署统计，到目前，全国已有公开发行的各类报纸一千七百余份。从去年起，除少数少儿报纸外几乎无一不办周末版。且随着今年年初的扩版热，周末版面在不断扩大，四开四版，八开八版，四开八版，比比皆是。周末文化确给读者带来了诸多欣喜，社会纪实，名人轶事，让多年来倦于政治说教鸡零狗碎的眼睛露出了惊奇的神色。一时间人们扔了书刊，独钟情于这大大小小的周末版。但久而久之，人们又产生了一种新的倦怠。因为一些原本很精彩的题材，被大家炒得焦煳，非但寡味，且令人生厌。有心者曾对南北大小周末版进行过对照，发现大同小异共有七"炒"。

一曰"炒"热点。什么房地产热，有奖销售热，彩票热，股票热，文人官司热，圈地热（开发区热），下海热等等。每热一来必是南北大"炒"，好像各地情况都是一样，与傻子比虱子的做法无异。最典型的是文人下海，从各报"炒"的趋势看，好像中国的文人一时间都在经商，都成了大款，第二天满街上找不到一个文人似的。其实，除张贤亮、陆文夫、水运宪等几人"因公涉海"外，在文字圈里还有谁下海了呢？据有关部门统计，在四千七百名中国作家协会会员中，下海者不及0.2%，而周末版上炒得如此沸沸扬扬，闹得人心惶惶，实在大可不必。二曰"炒"历史。从宫廷秘闻到伟人轶事，无一不炒。如果炒有所据亦可，有的竟是无中生有胡编滥造，极不严肃。三曰"炒"明星。有人开玩笑，中国星级宾馆不多，但星级报纸却不少。几乎无"星"不出报。炒完轶事炒行踪，炒完隐私炒爱好，有的甚至把某星爱穿什么样的内衣都炒进来，可谓独家新闻。可遗憾的是第二周又有另一家接"炒"。四曰"炒"女人。周末版上女人个个升值，靓女情思，少妇心态，婚姻实录，婚外恋情。似乎只要有女有色，就不愁猎奇，实在无聊至极。五曰"炒"犯罪。过去只有涉法报纸登载，现已不是专利，是报就刊。且多的是犯罪细节，名曰普法，实则教唆。六曰"炒"名人。大到国家官员，小至模范名人，"炒"得死去活来，有声有色。可气的是道听途说，让名人自己都哭笑不得。例如陶斯亮，一篇《我与聂力、李讷、林豆豆》的散文发表，就让各类报纸炒了两年《红色贵族》，引起诸多误会，兴起一浪又一浪的风波。七曰"炒"官司。尤其是文人官司现在特别走俏，从名誉到作品，无一不在被"炒"之列。有时一个案子可炒出一百多篇文章，且都说是"独家新闻"。

　　"周末"猎奇无可厚非，但为奇而奇，大家共炒，千人一面，千篇一律就有点大煞风景了。在这一点上，我看《吉林日报》的《东北风》和《长春日报》的《都市风景线》办得比较好，在别人大"炒"的时候不凑热闹，坚持自己的方针，保持独有的特色，此风可长矣。

B　图书市场怪现象

好书无处出，

滥书满大街。

书店不景气，

出版发大财。

这是一位谙熟当今图书市场情况的朋友编的顺口溜，虽不可当诗来读，却道出了书市实情。何以至此，据有关部门调查表明，除在市场经济形势下，出版发行体制不顺外，主要原因就是书号买卖给图书市场带来了巨大的负效应。

今年三月，在八届全国政协一次会议上，12位政协委员联名提出了"建议国家新闻出版署应明令禁止出版单位出售书号，制止出版社向编辑分配书号的错误做法。打击伪劣精神产品，让书号恢复它应有的权威性和重要性"的提案。为什么？原因就是书号已滥到了不管不行的程度。一个初中学生不满足于自己写几篇习作，突发奇想，在家人帮助下在报刊上刊登一条编选新诗的广告，限定每人一首，收工本费六十元。工夫不负有心人，不长时间就征到新诗六千余首，"工本费"四万余元，他托人到某出版社花三千元买了个书号，一本《中国当代诗歌精粹》就这么简单地问世了。一个大字不识一千个的个体书店老板，从末流或不入流的作者手中低价收买几个低级言情"小说"，到一家有名的出版社买个书号，再冠以"某某经典小说系列"的字样，几十万元的利润顷刻到手。一群不安分的中学老师，不甘贫困，东拼西凑出一套所谓的"高考指南"丛书，花六千元就买到了出一套书的书号，仅书号一项就省了万余元，不费吹灰之力，就甩掉了贫穷的帽子。后来这伙人中的主谋者之一，扔了公职，专干出书营生，走高校，跑出版，一本本"纪实文学""社会热点""某某秘闻""某某内幕"神奇地出现在书摊上。他只字不写，靠的是买断卖断，打一枪换一个地方，赚一项长一项"经验"。为他提供"作品"的，是那些想发笔横才的大学生，他们从各种报刊上猎奇，然后扩写，每个字可卖到八十元到一百元之高，谁能抗住这等诱惑？还有一些书商还嫌这样赚的不大，把点子打到那些想发书号财的出版社和编辑身上，斗胆干起贩黄造黄黑书灰书买卖。笔者走了一些书摊，《黑市女人》《淫男少女》《性欢情欲》《处女之夜》《拍马技巧》《发财厚黑学》《操纵上司术》《麻衣神相》等又随处可见。这些二渠道图书印数之巨十分惊人，几万册十几万册不等，最少的也要比正常渠道发行的多四五倍之多。造成了严重的精神污染，使图书市场出现了前所未有的病态化。

与之相反，一渠道（或曰国营主渠道）却冷冷清清。一个著名小说家的作品上数几百册，最热闹的儿童读物也一跌再跌，可怜者上数不足千套。何耶？渠道不畅。原因简单得很，折扣太低，且不能进个人腰包。人家二渠道好发的书4.6折，一般的书5.5折，难发一点儿的倒4.6折，你主渠道最大限度3.7折，何能竞争过人？据说，针对这一情况一些出版社也采取了相应"措施"，即按书上数情况给发行者个人按比例提成，使一些主渠道发行者在赚工资的同时也得点儿外快，但顶多也不过5%到10%，亦是可怜，比小贩子给的20%～30%差得远了，怎么能打动他们的心？更何况一些书店承包后，那些聪明的发行人也参出了自己买号出书的妙处，他们又成了第二出版社。一手抓稿，一手搞号，自印自发，大有赚头。于是学者出书便难，作家出书便难（著名热门者除外）。而一些名不见经传者的"大作"却可不断推出。一曰可写"热门""通俗"读物，二曰有门道有能耐拉来"赞助"，三曰有姿色可入编辑慧眼。权钱交易，权色交易，劣质精神产品充斥文化市场，何等之悲哀？

C 消费文化之我见

都市经济的发展，给都市消费文化市场带来了空前的繁荣。歌舞厅、音像厅、卡拉OK厅、台球厅、游戏厅，雨后春笋，破土新竹。给市民生活增添了色彩，也为文化经济辟出了新路。但近些时候，随着各种设施的增加，条件的改善，格调却越来越向媚俗，甚至低级方向发展。

问题之一，卡拉OK情侣包间的出现，给一些不法分子造成了可乘之机。卡拉OK是一种自娱自乐的形式，好此道者都想在众人面前一展自己的歌喉和风姿。我想没有几人到卡拉OK厅来是寻一份幽静的，那么为什么要搞包间呢？有道者云：此乃特殊服务，可增加收入。有好事者言：据多方观察，享此待遇者除一些真正情侣外，亦有出双入对者既非情侣又非夫妻，他们来此，有的是为偷情，有的是为进行一种不能公开的交易。行为不雅，有伤风化。

问题之二，"三级带"流入市场，对社会主义精神文明建设造成巨大冲击。据有关人士调查，目前我国东至上海、天津，西至西藏、青海，南至海南岛，北至黑龙江，无处不有"三级带"市场，特别是大中城市，情况更为严重。几乎所有闹市区的厅点场都靠《肉欲难捺》《色魔出窍》《少女噩梦》这类"三级带"支撑"门户"。这种片子既不是纯黄色电影，又区别于正常的片子。大多以爱情故事、案件侦破为主线，使用一些人体裸露镜头和令人想入非非的场面，故意放宽色情表现尺度，以此招揽观众。看这些片子的多是二十岁左右的青少年男女，他们往往看后不能自控，继而走上犯罪道路。据某地公安部门统计，在少年性犯罪案件中，60%的罪犯看过"三级带"。问题何等严重。改革开放，不等于什么都放，该抓要抓，该管要管，不可轻视。切莫让黄河再次泛滥。

　　问题之三，歌、舞女包租现象的出现，不利于娱乐业的健康发展。据有关部门调查，这种现象在豪华歌舞厅中普遍存在。包租者多为一掷千金的大款。他们有时是为了斗富，千金博得一笑，似乎便压倒了对方。一首歌一把钱，更可显示实力的雄厚。而有的则是为了争风，把歌、舞女当成共同的猎物，谁夺来谁是英雄，在这块地盘上即可显出威风。如此种种，把本来供大家娱乐的场所变成了少数人寻欢作乐之地，更使消费文化的方向与时代发生背离。真希望有关部门能引起重视，加强管理，让都市娱乐设施真正成为精神文明建设的重要阵地。

文明城里的野蛮部落

　　我友曾在北大学习，论届数该是妻子的上届，他在妻子入学前曾经告诫说，"京人排外（确切地说是欺外）"，所以上街时要多加小心。他见我与妻未加可否，便举一例佐证。言其妻范氏携女进京看他，逛紫竹院时，时置炎夏正午，便叫了三瓶汽水，喝毕还瓶，将一元钱递与摊主，摊主不接，言三瓶十块。友大惊，问此水与他水何异？答曰主异。友与之理论不效，便要领其去工商部门责问。彼非但不去还叫了三五弟兄围攻。围观者数十，却无人以助，就连年轻的警察看了一眼也退到了一旁。最后是一老年京客看之不下，做了一番劝解，友以五元现钞平息了这场险发的战争。

　　尽管他讲了此故事以及其他，我对"京人欺外"之说还是表示怀疑。一是因为北京是座文明城市，二是因为此友一向善撰，所以此中不能不含艺术加工的成分。后来报上报道北京抓倒爷的事，我才改变了对我友的看法，才相信文明城里确实存在着一个"野蛮部落"。

我这次京游是在抓倒爷之后，所以所行之处并未受欺，北京人给我的印象也还不错，虽称不上友善，但总还是礼貌的。但我友繁昌却不同意我的看法，他在我离京后进京送一次病人，受气之多简直让人难于相信。在北京站租车去×医院，应三十元收费，不付三十五元不给开车；302路公共汽车上，病人无意间踩了某女士的脚，吾友连连致歉还是遭一顿辱骂。原因很简单，因为他们是"东北虎"。如此等等。吾友上书《北京日报》《北京晚报》北京电视台，大抵有十页之多。

更可气的是妻子来信所说之事。她于某日将我们京游的胶片拿到北大院外的一家冲洗部去冲洗，取相时，女工作人员说洗出三十一张，收三十张的钱，因为有一张我与妻的合照虚些。妻很感激，接过来察检，这时有一男士上来，问哪张虚了，妻递与之，不想竟遭当场被扯之辱，且有"我让你们团圆？！"等不堪入耳之言辞，妻与之理论，那男士竟要大打出手。后来妻找了她的同学，（其中有人也同样受过这家冲洗部的侮辱）当这一行人去辩理时，那男士竟掏出腰刀威胁。直到这些学法律的人要以法诉讼他们的时候，经理才不得不出面赔礼。文明之都竟有如此不文明的行径，岂不让人痛矣？

对这文明城里"野蛮部落"的丑闻，我本是不想入我的杂记的。但我的良心却谴责了我。台湾作家柏杨先生说，一个民族光讲它的优点不能使它进步。我想京都的人们也能这样理解我的吧？因为文明城里的文明人还是占绝对的多数，这是谁也否认不了的。比如我京游时下榻之处，海燕旅馆的服务员们；北大东门外卖雪糕的老妇人；还有我们在103路电车上遇见的连续三次让座给老人、病人、残疾人的少女……，都是能真正代表文明城市的北京人。

十五大感怀

九 月 宣 言

1997年9月12日。

首都北京人民大会堂。

中国共产党中央委员会总书记江泽民庄严地向世界宣告：高举邓小平理论伟大旗帜，把建设有中国特色社会主义事业全面推向21世纪。并进一步阐明，展望下世纪，我们的目标是，第一个十年实现国民生产总值比2000年翻一番，使人民的小康生活更加宽裕，形成比较完善的社会主义市场经济体制；再经过十年的努力，到建党一百年时，使国民经济更加发展，各项制度更加完善；到21世纪中叶建国一百年时，基本实现现代化，建成富强民主文明的社会主义国家。

这是九月的宣言，是世纪的宣言。是中国共产党的宣言。它代表着全国人民的心声，代表着整个民族的心声。

世 纪 钟 声

1949年10月1日，毛泽东在天安门城楼上向世界宣告：中华人民共和国成立了！这是世纪的钟声，将沉睡的大地唤醒，将古老的民族唤醒。中国人民从此站起来了。一头东方醒狮傲然屹立在世纪的早晨，让整个世界都为之震惊。四十八年后，在世纪的峰顶，这一钟声又一次响起，它向世界再次宣告：21世纪的中国不再与贫穷、落后为伍，它将成为真正的东方巨龙。

中 国 之 路

一条曲曲折折的道路，长满荆棘，坎坎坷坷。我们的祖先光着脚板走过，扛着石器、铁器走过，牵着毛驴赶着马群走过，但都没有把它踩成坦途。直到有一天，一位伟人带领着他的民众，扛着镰刀斧头，在荒原上燃起野火，这条路上才真正荡起了欢歌。

今天，我们已不再满足平坦，我们需要的是笔直和宽阔。于是，另一位伟人在沉思之后大胆地提出——改革。我们在古老的驿站上铺上铁轨，让古老的民族乘上了奔向明天的特快列车。

这就是中国之路，改革之路，希望之路。

人 心 所 向

经济繁荣，人心所向。

社会文明，人心所向。

科学民主，人心所向。

祖国富强，人心所向。

民族有民族的独立追求，人类有人类的共同理想。只有让我们的民族屹立于世界之林，才能实现共同的理想。

旗　帜

马克思列宁主义，是解放全人类，让世界走向和平的旗帜；

毛泽东思想，是让中国革命走向胜利，让人民走出黑暗，奔向光明，脱离苦海的旗帜；

邓小平理论，是指引我们摆脱贫穷与落后，走向繁荣与富强的旗帜。

旗帜是我们的灵魂，旗帜指引着我们的方向。三面旗帜交相辉映，将使世界变得更加美丽，使中国变得更加繁荣。

三座丰碑

孙中山。

毛泽东。

邓小平。

中国革命和建设史上的三座丰碑。是他们将一个民族从沉睡中唤醒，是他们让一个民族国家获得了新生，是他们让人民得到了幸福，是他们让一个社会走向了文明。

他们的名字将与日月同在，将永远刻在人民的心中。

脊　梁

山，是大地的脊梁。

党，是民族的脊梁。

没有脊梁，人就无法挺直腰杆；没有脊梁，船就无法抗拒险风恶浪。

支　柱

这是聚魂的法宝，将民族的精神凝聚。它支撑着时代的天空，释放出无限的威力。它的名字就叫作"邓小平理论"，是我们全党智慧的汇集。有了这根支柱，我们的民族将会更加强大，我们的事业将从胜利走向胜利。

写给七月的短章

马 克 思

一面伟大的旗帜，从古老的欧洲飘过阿尔卑斯山脉，飘过高加索，飘过塔克拉玛干，在沉睡的东方，在龙的故乡猎猎作响。它像一支熊熊燃烧的火把，烧退了严寒与黑暗，冰山开始移动，大地开始苏醒。一群群握着镰刀和斧头的人们聚集在旗帜下面，踏着先驱的足迹向封建王朝，向帝国主义，向所有的侵略者发起猛攻。他们向世界宣告：他们的名字叫中国共产党。他们的目标要解放全中国，解放全人类。

国 际 歌

起来，饥寒交迫的奴隶，

起来，全世界受苦的人。

这是黎明的号角，这是智者的呼唤。它伴着铁锤的铿锵飞过田野，在沉睡的东方轰鸣。

一头睡狮在它的呼唤下醒来，睁开愤怒的眼睛，向世界发出狂暴的怒吼。它再也不相信什么神仙皇帝，再也不相信什么救世主，它只相信冲破牢笼只能靠我们自己。于是，它也唱起了这首歌——

去解放人类，

去解救自己。

红　　船

嘉兴。

南湖。

红船。

中国共产党在这里诞生，革命的种子在这里孕育。因它，中国革命找到了方向；因它，自由战士有了可以依赖的集体。

这条船虽然很小，但它蕴藉着无限的威力；

这条船虽然很破，却经得住无数的凄风苦雨。

它是一只神圣的摇篮，将永远载入我们心灵的史册。

延　　安

喝一口延河水，

看一看宝塔山，

再吃上一碗香喷喷的小米饭——

这就是我心目中的延安。

延河水清清，滋润过多少革命者的梦；

宝塔山高高，寄托着多少先烈的情；

小米饭，香喷喷，是它养育了生命，也喂养了革命。

毛　泽　东

这是和韶山连在一起的名字。

这是和井冈山连在一起的名字。

这是和遵义会议连在一起的名字。

这是和延安连在一起的名字。

这是和中国连在一起的名字。

毛泽东，古老民族的骄傲。

毛泽东，劳苦大众的救星。

毛泽东，中国革命的舵手。

毛泽东，千古不朽的英雄。

他的名字与江河同在，与日月同辉。他是一条真真正正的中国龙。

井　冈　山

铁锤和镰刀在这里会师，于是，这座山便变得不朽。

它的每一棵树木，都为革命挡过风雨；

它的每一棵小草，都为胜利立下过功劳。

井冈山，一段光荣的历史，

井冈山，一座永远的丰碑。

韶　山

太阳升起的地方，

火把点燃的地方，

你才是我心中的圣地啊，让一个后来者永远景仰。

纪　念　堂

一位伟人安详地躺在这里；

一部辉煌的历史摆在这里。

每天都有无数个灵魂来瞻仰。

每天都有无数双眼睛来阅读。

这就是新中国的缔造者，这就是永远不落的红太阳。是他，让中国在迷途中找到了真理；是他，让劳苦大众获得了解放。他今天躺在这里仍在静静地思考，思考着如何让他的故国变得更加富强。

啊，纪念堂，愿你永远闪耀神圣的灵光。

祖　国

A

如果说我们是一棵生活在阳光下的小草，一棵沉醉在幸福中的小树，一只快乐安恬的小鸟，一条自由自在的小鱼，那么祖国就是温暖的土地，广阔的天空和美丽的大海。

B

作为祖国的儿子，母亲的快乐就是我们的快乐，母亲的忧思就是我们的忧思。我们必须以我们的生命作树，炎阳下给母亲些许荫凉，风雪中给母亲一份慰藉。

C

我们的脉管中流淌着母亲的鲜血，我们的心中充满母亲的慈爱。我们的肉体是母亲的赋予，我们的灵魂是母亲铸成。我们的一切都属于母亲，属于祖国。

D

祖国像泰山一样伟岸。

祖国今日如日中天。

祖国未来光辉灿烂。

E

拥抱大海，祖国在我怀中。

仰望太阳，祖国在我头顶。

身在异域，祖国在我梦里。

时时刻刻，祖国在我心中。

F

放歌祖国，大海为我伴奏；

吟诵祖国，诗句响如雷声；

描绘祖国，彩虹翩翩入画；

欢度国庆，最难忘的是伟大领袖毛泽东。

G

四十五岁，对于一个人来说，已届中年，但对于祖国，它还十分年轻。在这大喜的日子，我们祝愿母亲青春常在，祝愿祖国繁荣昌盛。

大海不枯，祖国之船破浪远行；

青松不老，祖国之树永远长青。

科学的力量

　　前些时，我和我的同事到市郊一个乡里去搞蔬菜生产调查，在乡里待了半月，听到的并非是什么汇报，而是从乡长到副乡长给我们讲的都是农业科技。乡长陈先生对我说，他们这个乡共有菜田两千一百公顷，是我们这座城市的主要菜篮子。我们的城市有二百万人口，而他们的蔬菜上市量却是七千万公斤。这可实在不是个小数目。

　　这个乡的副乡长老邱，在跟我们谈的时候告诉我，这光照温室是他们保护地中利用率最高的一种，大棚、温室一年可种两茬三茬，可这光照温室却可种四茬五茬，而且这种设施简单，冬天不用生火，光靠阳光就可以取暖，投入少产出多。可这种设施三年前在这地方群众还没认识，为推广它，乡干部们费了好多口舌和力量呢。当时，乡长曾几次带人南下沈阳、邯郸，把这光照温室的发明者王丕生请来，让他在这儿安家落户，为群众示范。谈到这里，老陈从抽屉里拿出一张表来，花花绿绿，红蓝相间，我看了好不奇怪，因为确切地说，那不是表而是图。老陈说这的确是图，是他自制的，全乡的蔬菜生产情况都在上面。他指点着，这是大田平均产量，这是大棚单产，这是温室收入总数，这是明年光照温室收入预算。他说自从有了保护地，建了光照温室，菜农们一亩地一年可产上万斤蔬菜，可收入一两万元。我们都惊愕了，简直是在听人间童话。这光照温室量真的就这么神吗？现在王丕生是他们乡的技术顾问，陈先生这位三十六岁的乡长已是光照温室生产的专家了。

写到这儿，我又想到了另一个故事。这故事发生在松花江北岸一个叫四家子的村子里。这四家子村过去是个穷地方，说饥寒交迫玄了点儿，但1983年前的确是穿没穿吃没吃。1986年，为了脱贫致富，村中八名党员带领群众搞小井种稻，一年翻了身，全村人均收入一跃上升到九百元。这小井种稻就是科学。这个村子的土地大都处在九河下梢，除了盐碱地就是涝洼塘。这科学就科学在以水治碱以水治涝上。这还不是我要讲的故事，我讲的故事发生在稻秧插下的第十五天。那是早上，村党支部书记在看水的时候发现稻苗由绿变黄，就和党员们商量。因为这四十公顷稻田非同小可，那里长着的是他们八个党员的威信和三十二户人家一年的吃穿。当初，他们张罗打井种稻的时候，群众不摸底谁也不愿干，后来是他们把家底都压上，大伙才跟他们开了这片水田。稻苗一病，所有参与者都急得团团转。一个年轻的党员二话不说一个人蹬车闯进了县农科所，十瓶硫酸锌又让稻田里映出一张张笑脸。从那以后，村子里的人们谁的话也不听，就听党员的话；什么招儿也不信，就相信这科学。

这是两段与绿色与科技相关联的故事，我无意中想起，又拉拉杂杂写出来，希望朋友们能看到。因为从这两段故事中我们可以深深地体会到，科学之树已在这片古老的土地上生根开花，并且结出了丰硕的果实。它无时无刻不在以其巨大的威力造福于人类，造福于人类的子孙。

往事杂忆

　　1992年，长春市举办第一届电影节。当时，我正在市委机关一个部门当处长。一天，一位领导找到我，说电影节召开在即，有一份紧要的差事派给我，并让我担任会务部副主任，主任由机关另一部门的一位同志担任。后住进长春宾馆我才知道，所谓的会务部就是我们两个人，主要任务就是为大会准备开幕词、闭幕词、各种宴会的祝酒词以及大型活动的主持稿。举办电影节在长春是第一次，承担这种任务对我来说也是第一次。任务明确后，我们十分犯难，因为不仅没有任何资料可以借鉴，就连最起码的指导也难以得到。那时对外联系远没有现在这样广泛，通讯也没有现在这样便捷，甚至连向外地学习沟通的想法都没产生过。于是，我们就坐在房间里苦苦地想，一遍一遍地否定，直到送组委会审定通过的时候，才算松了一口气。那时离电影节开幕仅有三天。那一次我们自己感到最成功的是开幕词，开头以"时值八月，北国新秋"起笔，继而渲染大会盛况，向中外宾客致礼，表达长春六百七十万人民的心情，最后是祝大会圆满成功。文采飞扬，气势恢宏，不仅在当时得到宾客的赞许，甚至成了后几届中国长春电影节开幕式致辞的范本。但是，那一次也有遗憾，那就是闭幕词，或是因为我们写得过于空泛，或是没有领会资深的致辞者的意愿，当时的组委会副主任邢志先生几乎没有用我们准备的原稿，而是另致一篇。我们甚是难堪。

在大会筹备期间，还遇见一件幸运但不愉快的事儿。那是一天早晨，我在外面办完事匆匆赶回宾馆，在进一号楼的时候与里面出来的一位漂亮小姐几乎撞个满怀。擦肩而过之后，我很真诚地说了声"对不起"，不想得到回敬竟是"讨厌"。我当时十分恼火，想认真与之理论一番。后来楼层的服务员告诉我，那是来自香港大名鼎鼎的H影星，她不找你的麻烦已算给你面子了，你还找她理论什么？我这人虽对艺术很尊重，但对她这种盛气凌人、没有起码礼貌的做法十分鄙视，名人是人，常人也是人、名人和常人在一起更应有名人风度，不然你算什么名人？

说起名人，在那次电影节上我还接触了一位，那就是在当时就已走红且引出诸多争议的导演张艺谋。电影节开幕之后，我这没兵的主任便成了大会随叫随到的工作人员。票务组分票的人手不够，我们就被调去分票，从下午一直分到凌晨三点。晚会开始我们又被调去帮助引导宾客、维持秩序。举行大型群众演出，我们也跟着去摆台，安排领导活动。在举行闭幕式那天，我被招去维护会场秩序。闭幕式很隆重，记得特别引人的一幕是为评出的优秀影片发奖。那一年张艺谋的《秋菊打官司》亦在获奖之列，就这样在领奖台下给了我与他谋面的机会。本来引导这些艺术家上台领奖是预先安排好了小姐与先生的，但不知什么原因就乱了秩序。因为我当时自认为是个小头目，就义不容辞地管起了闲事，充当了本该由别人充当的角色。就在我带这些艺术家入场的时候，有好事者拍下了我和张艺谋的合影。这张照片至今还珍存着，有在报社工作的朋友要拿去发表，我说没有必要。因为那只是工作的接触，我既不想攀高结贵，更不愿"我的朋友胡适之"之类笑柄落到头上。这就是与电影节有关的一些回忆，杂陈于此，供朋友一笑了之。

老兵张玉清

脱下军官服，穿上工商装；摘下红五星，国徽戴头上。他还是一个兵。这是1989年我第一次采访张玉清时，他给我留下的印象。那是一个下午，在他的办公室里，他向市里来的同志汇报他们工商行政标准化管理经验。干脆、利落、实在。那一年他来这个局任职仅四年零七个月。四年零七个月，他将一个原本管理十分混乱的工商分局变成了全省系统的标兵。我这一次见到他时，他还是原来的样子，立如松，行如风。不同的只是鬓上银丝渐露，办公室的墙上又多了几面锦旗。

A

1984年，"老兵"从沈阳转业来到长春。从此，这位某部后勤部政委换了服装也换了岗位，成为工商分局第一位军人出身的局长。

1985年，为改造后进，市局将他从南关调到二道。

走马上任。一个乱摊子。办公室成了信访室，谈，谈，谈，天天有人谈。他默默地听，认真地记。告，告，告，上访信从市里转回来，从省里转回来，从中央转回来。有人还要去告，意见都冲着前任领导。其劲头之大，大有不水落石出便要鱼死网破之势。他犯难了，论职务，都是平级，论年龄，没有人大。刚刚接班，管？不好开口，不好下手。不管？群众怨气难消，工作不好开展。斗争，在他脑海中进行。最后，终于有了结果。"我想作为共产党员，从入党那天起就时刻准备着为了维护党和人民的利益，不惜牺牲自己的一切，难道还怕得罪人吗？做一名领导就不能辜负群众的期望。要取得群众的信任，就必须靠实际行动。"这是1986年，在省工商行政管理工作会上，他介绍经验时说的一段话。为了让群众把话说尽，他召开了全局党员大会。东盛路口的小灰楼里，头戴国徽的人们聚在一起，"老兵"侃侃而谈："今天把大家请来，就是要全面听听大家的意见。我们都是党员，都要对事业负责，有话就痛痛快快地说出来，不能老背着包袱干事儿。"沉默。目不转睛。烟雾缭绕。老兵环视，目光流露着坦诚。有第一，便有第二、第三……一小时过去，两小时过去，意见铺满了十几张白纸。共十一个问题，三十三条。老兵说话了："问题已经清楚，以后谁也不准再告。你们的任务就是做好工作。有问题找我，我解决不了，处理不公，你们再去告我。"人们面面相觑，但没有任何人吱声。

局长办公室。"老兵"将前任领导请来，恭恭敬敬，认认真真。一次、两次……毕竟是老同志，在党的关怀下工作了几十年，他理解了。同意新班子的决定。又一次党员大会，老同志诚诚恳恳："在招工问题上，我是有错误的。我不应该把已婚而且有残疾的孩子招进来，我愿意接受大家的帮助。"会后，孩子领走了。

还是局长办公室。老兵满脸严肃，一位女同志满脸诚恳。事后，借开会机会到异地观光的几百元旅费退回来。

调整中层干部。

启用尖子人才。

敢做敢当，局面变了。

事事公道，群众服了。

B

不愧为老部队、老政工。说干就干，雷厉风行。

召开会议，确定全局工作指导思想：做一流工作，创一流成绩。

定项突破：整顿市场，安抚群众，振奋精神。

制定措施：局长包片，科室包点。

立下军令，任务明确，标准明确，责任明确，时间明确，奖优罚劣。

八月，北方的黄梅季。八里堡，长春的东边外。一天晚上，"老兵"带一名副局长和市场科长冒雨赶到那里。市场管理员们非常惊讶，"这么大雨，你们怎么来了？"。"这么大雨，你们不也是在这儿干吗？"

理解，加深了感情；关心，增添了力量。想结婚的推迟了婚期；有事儿的不请假；有病的也不下岗。不分男女，几天几夜吃在市场，住在市场。"老兵"自然不能例外。场内的床子一个个地洗，过道的方砖一块块地刷，就连路边石、水道口都冲得干干净净。

全市卫生大检查，辖区七个市场，六个百分，仅有八里堡得了九十分，列全市第一。得锦旗一面，奖金六百。初战告捷，全局上下士气大涨。

故事到此并未结束。在荣誉面前，八里堡市场的管理员们和包这个点儿的两位科长非常难过，流着泪找"老兵"请罚。"老兵"笑了。"你们五天五夜没有回家，做了努力，尽了责任，我应该感谢你们。就是我当管理员也不能保证一分不丢吗？"事后，"老兵"和几个局头儿商量，决定把领导应得的奖金拿出来分给请罚的同志。

效应不言自明。之后便有连串儿的荣誉：全市个体经济管理员业务竞赛团体总分第一；全市市场管理评比第一；全市企业登记管理评比第一；全市文明单位；全省系统标兵；

国家系统先进……二道河子区一位领导，在一次全区大会上表扬工商分局十遍。"过去工商局拖全区的后腿，现在可为二道增了光了。"

我问老兵："你花多少钱头了这么多第一？"他笑笑，"不瞒你说，我一个钱也没有，钱都拿去建市场了。我们靠的就是做一流工作，创一流成绩的事业精神。"

C

在这次采访中我才了解到，"老兵"的确是不年轻了。他是1938年出生，1956年入伍，1959年入党，到现在已是有三十三年党龄五十四岁的人了。按常理，人到了这个时候，该想自己的多，想事业的少了，可他却相反，仍全身心地投入，孜孜不倦地建设着他的"工商管理系统工程"。1986年，为了整顿队伍，他搞了思想政治工作岗位责任制；1988年，为了制止行业不正之风，他第一个在全市实行了公开办公制度；1989年，为了倡廉，他又搞了"三权分离"；今年，为全面提高队伍素质他又搞了震惊全区的"岗位轮换"。我问他："你这么搞不怕得罪人吗？"他又笑了，点点头说："个别人有想法我不怕。只要大家理解，只要我出于公正。"是的，大家不但理解，而且支持。但是说公正就未必了，因为他对别人公正，可对自己却从不那么"公正"。这里有知情者提供的一组镜头——

局长办公室。一张双人床上，卧着一个清瘦的女人，窗上一只吊瓶，针插在她的脉管里。女人是"老兵"的妻子，这儿是他们的家。

一间破旧的地屋。雨从屋顶漏下来，床上方吊着塑料布，布下是流泪的女人和衣物，拖鞋在地上飘如小船儿。这儿也是他的家。……也许有人会问，堂堂的工商局长，生活在这样的环境可信吗？您可以不信，可我必须相信，就在那小屋里，我吃了他老伴儿削的苹果，女儿切的白兰瓜。到去年搬进新居前，七年，他迁居五次。住办公室时，晚上为了不影响孩子学习，夏日，他带老伴去看市场；冬日，便躲到别的办公室去看书。说难真难啊。但您不要误解，不是组织上没解决，而是解决了两次，他都给了别人。

就这么一个老兵。

就这么一股劲头。

在他领导的集体里，谁能不卖力气？！

走 进 十 月

走进十月，似乎有一种全新的感觉。

久不上街，上了街竟觉着熟悉的世界突然陌生起来。先是那些高高大大的建筑，不知什么时候着了彩衣，似衫，似裙，我说不清楚，总之，花花绿绿让人眼迷。定定神方看清那些彩条上全是广告。某某商品给您一个全新的世界；某某厂家是您最可信赖的朋友；某某愿为您提供最优服务；某某已经面世，望您莫失良机……一楼方过，一楼又来迎你，仿佛次第侍立的礼仪小姐，温文尔雅，潇洒飘逸，不由你不看，不由你不想。三转两转，便把你引到了店里。其次，是那些林林总总的路牌，说不上是什么时候竖的，也说不上是什么时候画的，五花八门，同样会牵住你，拽住你。某某小区业已竣工，设计最佳，价格最低；美女袅娜，黑发如旗；健男腾跃，青春霹雳；洗发膏，健力宝，收录机……说是艺术便是艺术，走在路上心想不看，可眼睛总由不得你。最令人惊讶的是天空也充满广告意味。飞机拖着爆竹漫天炸响，传单飘如雪片，气球扯起一道道彩虹，上书某某集团公司成立；某某大厦开张。当你驻足仰望，一种以强化手段释放出来的商品意识便逼近了你。这景象一年前我在南方初见时还觉着稀奇，如今在自己的城市见到，说不出是感叹还是欣喜。

久不晤友，忽得一聚，自然烟茶酒菜一并尽表主人盛意。可酒未至酣，话却变了主题。君子不言利，在座文人雅士们竟把我这个"钱"字当肉嚼，当茶喝，当烟吸。某君要办公司，某君要开工厂，某君还想到日本、东欧去谈点生意。并一概尊我为兄，说我干过工商，混在官场，见多识广。乍听则惊，这些仁兄仁弟是怎么了？放书不教放文不作，偏要搞什么钱，实在荒唐；复想则怕，说不定哪一天我也会上了他们的当，放下工作不干，与他们一路去倒马换羊；再思则喜，改革开放，尔等不甘寂寞，愿自寻出路，自断"皇粮"，虽算不上开拓者、改革派，亦比我辈少些保守思想。于是便忆及近日报章，某开发区求贤若渴；某外商寻求合作伙伴；某处招聘经理。这块向来被视为板结的土地，向来沉寂的边城亦是沸沸扬扬。友等见我发痴，便争相开导，不想三巡过后，便不得不宣告投降。

翌日，为朋友事回工商"老家"，见诸多旧日同仁正在摘抄文件，问及何故？答曰：为政府决策提供依据。正说话间主管企业的局长进来，催促快抄，他要速见市长。并谴言不得有误，若谁出了差错定要捏碎脑袋。虽为戏言，亦可见今夕非往夕，时事在变，人心在变，一切在变，早已不待时光了。

马　大　姐

"一个人的能力有大小，但只要有这点精神，就是一个高尚的人，一个纯粹的人，一个有道德的人，一个脱离了低级趣味的人，一个有益于人民的人。"当年，当这段语录为人们熟知的时候，她正在长春市郊的英俊公社红胜大队养鸡场喂鸡。那一年她只有十七岁，是一个刚刚离开父母只身来闯关东的山东妞儿。照她自己的说法，那时候还不知做人需要懂什么道理。只有小学文化的她记住的仅是父母的忠告，"出门在外，要听组织的话。"靠这句话，她在关东这块土地上立住了脚，靠这句话，她和英雄刘英俊的母亲朱秀兰一起参加了双先会。当然，这已是一段久远的故事了。二十年后，她早已离开了那个鸡场。我们见面时，她是二道河子区乐群街粮店主任。不过，这并不是我们采访她的理由。在长春这座城市里，像她这一级的粮草官当以千计，比她经营有道者有之，比她社会声望高者有之。那么，为什么要来写她呢？这实在是为那个和她有关的故事所感动。

时间应该推逆到1979年，那是一个风和日丽的日子，二道河子区召开了一次敬老扶幼动员会。他们将全区的孤寡老人都请到了会上，并当场给各单位分配了敬扶对象。她的故事就从这一天开始。给我讲这故事的人，名字叫宋景章。

进了庚午马年，宋氏老人当为七十二岁，是二道河子区和顺街二委二十七组居民，是解放战争前参加革命的老党员。新中国成立前为党做过地下工作，新中国成立后参加过援朝战争。胜利后在部队里搞运输，后来转业，在长春市货运一公司当工人。由于战争，他的双腿失去了健康，如今走路全靠一根拐杖。组织上为了照顾他，十五年前就让他退休在家安度晚年。他膝下无嗣，只有老伴与之相依。老伴是一位老师，刚退休时过得还好，可上了岁数，又添些杂病，日子就有些艰难了。到了1980年左右，老伴竟瘫到了炕上，这一瘸一瘫，境况可想而知。

她和她的职工们包下这个家庭后，给他们解决的第一个困难就是不用再愁跑粮店。从乐群粮店到他家虽说只有千八百米，可对于这样两位老人来说，却不下于百八十里。以前，他自己买粮，一样一样地倒回来要挪上大半天。现在，到了日子，米、面、油、盐，样样都送到家里。一次，两次，常年下来，感动得他们老泪纵横。他宋景章七岁没娘，十二岁没爹，老来又无儿无女，一辈子还从没受过这样的怜爱和孝敬呢。他不知道怎么感激她们才好，每当送粮的日子到了，他就早早地烧好水泡上茶，等她们进屋来暖暖身子。她是个细心人，看到这炕不像炕地不像地，一个长卧不起，一个一挪一拐，这水怎么能喝得下？她心里难过，偷偷地抹了眼泪。回到粮店，给爱人打了个电话，说下班有事儿，让他和孩子们不要等她。

夜幕下，宋景章的窗口是这样一幅画面：她守在床头一勺一勺地给宋老太太喂饭，之后又把她扶起来，让她伏在自己的腿上给她洗头。洗了头又洗脚，洗了脚再帮自己换那又膘又臭的内衣。待眼含泪花满面喜色的宋老太太躺下之后，她又找来灰，铺到地上，用小铲收拾衣物上的污物。收拾完毕，又打来清水，脏衣一把一把地搓，汗珠一滴一滴地落。看这情景，铁石心肠也会为之所动吧？不要说非亲非故，就是亲生女儿有几人能尽如是孝心？

这一夜是宋家最难忘的一夜，当她披着星光离开小院，老两口子彻夜未眠。之后的日子，在别人看来也许是平平淡淡，但对他们来说，却是每一天都值得纪念。农历二月初六，是庄稼会，土地老过生日，宋老太太也过生日。她来了，兜里拎着，怀里抱着，寿糕，水果，罐头，满满地摆了一桌子。再吃上一碗她亲手擀的长寿面，老人那个乐啊，仿佛一下子变成了活神仙。五月端阳，城里虽无处采艾，但人们还是忘不了吃粽子的。别人家吃的粽子是自己做的或市上买的，而这一家吃的却是这个"女儿"给送来的。物虽相同，情却别样，让那些儿女双全的人们好生羡慕。八月十五，天上团圆，地上也团圆。有儿有女其乐融融，无儿无女孤孤单单。可认识了她，宋氏夫妇就被划出了无儿无女之列。天刚黑就送来月饼、葡萄和酒。老人家心存千般感，看月也似又一轮。腊月初八，城里人大多都忘记了这也是个节日了。可她总能记得，下了班，就带了黄米红枣去给他们熬粥，待他们热热乎乎吃上，才顶着寒风回家。还有三月初三，清明节。四月十七，宋景章生日。七月十五，九月重阳，十二月元旦，腊月二十三，宋景章夫妇都会如期收到礼品。这不是那个粮店主任用公款买的，那是他们的"女儿"用汗水换来的啊。

我们在老人家里整整唠了一个上午，老人含泪讲了她整整十年。这十年是打破了时空界限的十年，这十年，在老人的感觉中每个季节都是春天。十年中，她送给这个家庭的温暖以这些许文字是无法记述的，但其中有一件我却无论如何都想把它写出来。这一件事虽小，但通过它，却可以看出她与这个家庭的关系。大抵是在四年前，她休假回关里老家，回来正赶上夜车，到家后便昏昏沉沉地睡下了。早晨醒来，见漫天飞着白雪，她的第一个念头就是马上去宋大爷家。她从被窝里叫起女儿丽丽，匆匆地出了门。到了宋大爷的院子，见老人正睡得香甜，她们也不惊动，两个人悄悄地一筐一篓地干起来了。待老人出来，她们已把积雪收拾得干干净净，正准备把从山东老家带来的大红枣、花生往屋里送呢。

在我找她座谈的时候我问她："你当时是怎么想的？"她说："想倒没怎么想，我就觉得院子里有雪，老人一瘸一拐地出来不方便，万一摔着就不得了了。"多么实在，您从中没体悟出点什么吗？这已超出了责任的范围，她早已把他们当作自己的亲人了。

在我们这次采访即将结束的时候，她说："你们要写别写我自己，一个人只是大河里的一滴水，写写大伙才有说服力。"我们都笑了。

"大伙都包括谁呢？"我问。

"比如这个孙荣昌。"她指着身边的一个小伙子说，"他就经常给宋大爷劈木头，买煤，这几年这活儿基本是他一个人包了。再如现在已经去当老师的郭淑贤，她经常和我一起去帮宋大爷洗衣服做被子。再如马莉、李凤芹、王金香、刘玉芹，一句话包了，我们乐群粮店的每一个人都帮宋大爷干过活，都给他送过粮。"她的东北山东话越说越快，脸涨得通红。

"写是都要写的。"我说，"不过，我想先问问你，按敬扶制度规定，你们只要每月按时送送粮就行了，你为什么要操那么多心呢？"她很惊诧，马上反问道："如果组织上把一对孤寡老人交给你，你会怎么做呢？"霎时问得我语塞。是啊，作为一名共产党员，我能做到像她这样对待孤寡老人如此的无微不至吗？她还不是党员，可在她面前，我这个党员已自觉相形见绌了。

这里需要交代，宋老太太已于四年前谢世，在群众的关怀下宋老汉去年又找到了一位新老伴儿。这个老太太身体还好，可以料理家务和照顾他吃穿。但他告诉我们，他还是常常盼着他们这个"女儿"来（她也真的还常常来），他说，她来了不用帮我干活，就是坐上一会儿，说几句话，我这心里就十分满足了。他说这些话的时候，又落下了眼泪。

　　我在行文中还没有告诉您她的名字，她叫马桂兰，1953年生，属小龙，我们都叫她马大姐。

有个女孩儿叫孟杨

1992年元月，中国广州，为时六十四天的《中华百绝博览会》开幕了。国内游客，海外华人，国际友人，都为一览中华绝技，云集羊城。16日，人们聚集在神童馆。一个手绘二十五米国画长卷的北方女孩儿引起了人们的格外观注。如果不是亲眼所见，谁敢相信这幅构思奇巧，笔法飘逸的《百花争艳图》竟会出自一个十岁女孩儿之手。举目向前，她的展位上不单有上百幅儿童画，还有各种小发明。简介牌上告诉人们她是小画家、小发明家，中国目前年龄最小的专利权获得者。姬鹏飞爷爷和雷洁琼奶奶激动了，他们紧紧握住小孟杨的手。中外记者蜂拥而上，咔嚓，咔嚓，这一天，这位来自关东的小学三年级学生成了广州的新闻人物。

其实，一个十岁女孩儿能受到《中华百绝博览会》的邀请，就足够让这个世界震惊的了。

孟杨今年虽然只有十岁，可她早已经是朋友中的名人了。自1989年她的儿童画《地球哭了》获第二届长白山全国儿童画邀请展头奖以来，她的画已经六次被送往日本、美国、加拿大、挪威等地展出。她在国内外已获十余项大奖；自从她七岁发明软图钉，并获全国第四届发明展览会铜牌奖以来，她已有可换衬板的多用练字黑板、短铅笔助用器、夜光粘贴、方便红领巾等多项发明，并成为我国目前年龄最小的专利权持有者。1991年被全国少工委授予"中国好儿童"光荣称号。中央电视台、中国日报、中国妇女报、中国专利报等几十家报刊曾多次报道过她的动人事迹。小孟杨名气早已经不小了。

孟杨四岁进入长春市少年宫绘画班。1989年夏天，这位在少年宫"修炼"了四年的女孩儿，怯生生地走进附小。每天晚上，孟杨还要到少年宫去画画。这一天，她上课回来突然翻来覆去的睡不着，弄得小床吱吱响。"杨杨怎么了？"妈妈摸摸她的头。"啊？哭啦？"原来，少年宫的老师在组织同学们为世界环境保护日作画，并介绍了目前世界环境污染情况，以至于因为污染将来地球温度要越来越高，最后将自燃自灭。孟杨动心了，地球变成火球，小动物们怎么办啊？没有生命做伴，地球将会多么孤单啊！于是，就画出了这幅《地球哭了》。地球哭了，她也哭了。那一夜，妈妈费了许多时间，才使她从痛苦中解脱出来。

孟杨画画，不是单单为学画而画。她心中有许多愿望。

画是她表达情感的语言；她心中有许多秘密，画是她展示心灵的日记。她天天画，夜夜画，画完就挂在墙上自我欣赏。一张、两张，几天就画满墙。满了就得撤下，可用胶水用糨糊，上墙容易下墙难，她愁了。后来，她发现了小朋友玩的不干胶，她把它们剪成小三角，然后用胶水把两个三角的无胶面糊在一起，这样不干胶变成双面胶。双面胶一面上墙，一面贴画，真妙。这是什么？这就是软图钉。搞发明的爸爸见了女儿的发明目瞪口呆，过去为限制孟杨用糨糊上墙贴画只知道瞋目发火，为什么没想出这法儿呢？爸爸的朋友来了，认为这是一项发明，把它叫作"软图钉"。这软图钉克服了金属图钉的许多弱点，不仅可在木板上使，还可在石灰墙，玻璃板，壁纸上用。没有破坏，没有污染，又美观，又方便。那位叔叔当时便代写了申请，投给国家专利局。第二年二月，国家专利局局长高卢麟签发的文件发往全国，年仅八岁的孟杨成了中国有史以来最小的专利权获得者。

这项发明似乎就这么简单，可孟杨那时才是个七岁的女孩啊！七岁是巧克力和泡泡糖的年龄，这样的年龄有这样的发明能不令人震惊吗？

认识了孟杨，也认识了孟杨的爸爸和妈妈，他们都是大学的外语教师。爸爸孟心醉心于科技，妈妈杨鹭影喜欢读书。在孟杨很小的时候，他们就经常带她到北京、上海、广州等许多地方去旅游，看山看水看动物，看科技馆里的各种小发明。他们把这个叫娱乐性智力开发。孟杨真的就着了迷，凡事总要问到底，整天不是翻书就是画画，生活在一个知识的世界里，生活在一个童话世界里。

　　孟杨今年十岁，已经升入小学4年级。她的文化课极好，是学校的"十佳少年"。她课余时间还爱好摄影和写作，1991年还被评为《中国儿童报》的优秀小记者。她是小名人，可没有名人的傲气，对每位老师都十分尊敬，对每位同学都十分友爱。去年她还向中国"希望工程"捐了一百元钱呢。那钱，是她得的奖金。她对我说，如果有一天钱多了，她会送给每个有困难的小朋友花。

一 位 医 生

　　我发誓不写女人，但对张首杰却例外。她不是名女人奇女人，与靓与倩更不沾边儿。她是一个普通的女性，普通得让你感觉她随处都在，又随处都不在，钻到人群里无法找出来。可熟悉之后，你又会觉得这位瘦小的女医生女教授原是普通得可敬可爱。

　　我认识她的时候，她时年四十九岁。当她十九岁的时候，还梳着羊角辫儿在农安十中的小院里啃书本儿。那是60年代初，在轰轰烈烈的社会主义教育中，每个青年都要向组织表明自己的理想。有的要当军人，取一份威武；有的要当教师，取一份尊敬；有的要当作家，去施展才华。老师问张首杰，"你想做什么？"她想了想说："就当医生吧！"问她什么理由，她说从小就不愿看人受病痛之苦。一年后她真的如愿以偿，背着包从农安老家来到省城，成了吉林医科大学（现白求恩医大前身）的学生。

学校的生活很苦，但她的梦却总是很甜。大学二年级的时候，她梦见自己在家乡开了个诊所。诊所里没有床，是铺着亮光席子的大炕。大炕上清一色的女人，又清一色来接产。她又高兴又紧张，最后来了一位男同学帮忙，接了一炕男孩儿。她醒来好兴奋又好害怕。听人说梦见男孩是"小人"，这么多"小人"岂不要了她的命？她把梦说与好友，一群姑娘哈哈大笑，说她梦见孩子肯定想过恋爱，并一劲儿追问梦中的同学是谁？她也被这气氛感染，早忘了什么"小人"，留下一句"无可奉告"，便一溜烟儿地跑了，又去图书馆占她的座位。这一年不但没遇"小人"，且走尽好运，先是被评为三好学生三好干部，又光荣地加入了中国共产党。

她梦想着回到家乡去办诊所，可因为她在学校里表现得太好，使她的"美梦"没有做成，她被留到了吉大二院，一干就是二十三年。1981年，她漂洋过海，被公派到日本进修，专门研究B超监测胎儿生长发育问题。但她研究之余总帮导师接诊，为病人解忧。在医院，看妇产科是最脏最累的一科，张首杰选择了它，想到的不是脏累，而是爱。她接诊过的患者无论贫富，无论职业，一概以姐妹称，她们亦把她当亲人待。她也用这份热心与爱心赢得了日本妇女的赞誉。她们对那位导师说，你的中国学生真是一流的。1982年她学成回国，导师赠她一台价值十五万元人民币的东芝50A型B

超机，以供归国后继续深造。十一年前，十五万元是一台高级豪华轿车，是一套高档住宅。可这位莘莘学子没算过这笔账，一下飞机就将"50A"送到了二院。有人曾问她："你为什么不自己留下？"她调侃地回答："那时候如果允许干个体户，我也许就不会交喽！"真耶？假耶？听听她那爽朗的笑声就知道了。

现在她的丈夫张元德先生在日本东北大学深造，她的儿子在她的母校外语医学系就学。我问她，"你们是不是有一天都想走啊？"她很认真地说："那可不是。儿子的事我们不能武断，但我和我们老张已经商量好了，退休后还回农安老家。"这使我想起一位诗人的话，他说世界上最亲的人是母亲。身在异乡，故乡就是母亲；身在异国，祖国就是母亲。首杰医生时时不忘故里，可鉴女儿之情殷殷。

赵超和他的陆羽茶楼

　　在清高之士眼中，柴米油盐，吃喝拉撒，俗。儿女情长，家长里短，俗。如果一个人与金钱利益搅在一起，那就更俗。我非清高之辈，故而我的朋友大多都很"俗"。小官、小吏、小商、小贩、市井小儿、乡野村夫，他们日为生计奔波，夜里则多爱做梦，梦想出人头地，梦想一夜发达，成为贵人，成为富翁。

　　俗人俗，俗人偶尔也愿意附庸风雅。比如躺到床上想翻翻书，打完麻将去听听音乐会，放下酒杯拿起毛笔在宣纸上肆意涂鸦。还有的骂完娘，消了气就开始写诗、作文，然后再拿出去发表换下一顿酒钱。在长春城南，东南湖大路有个叫陆羽茶楼的地方，就是这些俗人雅集的地方。茶楼的老板叫赵超，是一家房地产公司的老总，本为俗子却偏偏也爱做些雅事。我说他这是钱多了就开始发烧，开始做梦，做文人梦。他找来一伙人，穷酸的诗人、风流的雅士、未脱文学情结的企业家，成立了陆羽企业家诗社。时不时就在茶楼上谈玄论道，饮茶、饮酒、骂娘。陆羽为茶圣，杜甫为诗圣，他们自视为杜甫门徒，也想学茶圣论道。

戊子年春，这群凡夫俗子不甘默默无闻，就弄出个挺大的动静。他们拉中国作协《诗刊》社作旗，拉省作家企业家联合会合作，拉吉林省路桥公司出钱，搞了一个"迎奥运·爱中华"万隆路桥杯全球华人企业家诗歌大赛。3月10日，组委会开新闻发布会，《诗刊》副总编、著名诗人李小雨，专门从北京赶来和这群不甘就俗的人见面。消息一出，应者云集。港商、台商、海外华商以及大陆企业家中的善诗者争相投稿。大赛共收稿件1126份，有近千名企业家参与。7月9日召开颁奖大会，《诗刊》李小雨、著名军旅作家韩静霆、著名词作家刘麟、省文联、作协、省作家企业家联合会以及来自全国各地的获奖企业家诗人二百余人欢聚长春。全国有多家报纸杂志、电台电视台报道此事。为奥运加油，向祖国献礼，令世界对这群"俗人"不得不刮目相看。

其实，在长春这座以文化人居多的城市里，像陆羽企业家诗社这样的群体还有很多，像赵超这样的不安分的"俗人"也为数不少。他们大多有自己的工作或者说事业，而且混得人模狗样。钱有了，地位有了，就开始不安分。怕人说俗，就向不俗的人靠拢，人家不理，就自己结社。你们弄书法，我们也学写字，你们搞沙龙，我们也办展览。别人瞧不上眼，自个儿就偷着乐。这些人有的在社会上混，有的在机关里混。不反党，不扰民，不损人，不添乱，自娱自乐，自寻开心。

·杂说·

阎王老爷的廉勤观

阎王老爷者，何许人也？盖阴曹地府第一大官阎罗王是也。金童小子虽三五十年未必与之有相见缘分，但从内心却对其崇敬之致。何以如是？盖阎王老爷论官之短长实在让无知小子叹而服之。日前无事，闲翻古书，与清代大才子纪晓岚先生的《阅微草堂笔记》里，看到这样一则故事：说有一天阎王爷上朝问政，一位刚刚入册的大臣想在老爷面前表一表尘世为官之功。他对阎王爷说："臣在世间为官十分清廉，所到之处不吃不喝，不贪不占，盛请之时亦只以水代酒，且从未花过一纹赃钱。我自认为无愧于天地、鬼神，更无愧于阎王老爷您。"其人自以为如是定会博得阎王老爷的器重，说不定还能给些许冥银作为奖赏呢。可阎王老爷听后一阵冷笑。曰："贤卿确是好官。然汝可知道，设官是为兴利除弊，如只让你不贪不占，设一木偶于堂中如何？其不要说美酒佳肴不贪，恐连冷水也不会喝他一口。清廉程度岂不胜于你吗？"那官马上辩道："臣虽无功，但总没有过吧？"阎王老爷大怒："大胆奴才，尔处处明哲保身，不为臣民做主，该罚不罚，该奖不奖，该说不说，该办不办，负国负民，焉言无过？"遂将其打入大牢。

金童小子自知此为纪公杜撰，然读后甚感快慰。盖由是可鉴，无论古今，人民心目中的好官绝非庸庸碌碌无所作为之辈。七品芝麻官唐成曾云："当官不为民做主，不如回家卖红薯。"尔不主公正，不惩邪恶，不造民福，要你何用？

由古推今，金童小子想冒天下之大不韪，斗胆向那些"一杯茶水一根烟，一张报纸看一天"，"你好我好大家好，平分秋色为温饱"，"不说东来不说西，大家一起靠职级"的好好大人们提点建议，中华古国正处在大变革大发展的特殊时期，人心思改，人心思上，尔等何不尽心尽力？主一家者一家之主，主一县者一县之主，国之柱石，民之父母，焉可饱食终日只为瓦全？清代又一才子赵畇先生曰："当官务持大体，思事事皆民生国计所关；为政不在言多，须息息从省身克己而出。"封建士子尚有如此胸襟，我们共产党人又有什么理由不心怀万民躬奉国事？作为党员干部廉政固然重要，但不能勤政，不能想民所想，急民所急，为官一任，造福一方，怎能对得起党和国家以及江东父老？所以，金童小子衷心希望，诸位官兄多思国事，多造福荫。如是，就是有一天走至黄泉，阎王老爷也会奖励我们的。此为笑谈矣。

也踹自己一脚

王书春先生在《中国青年报》上撰了一篇短文，题目叫《踹自己一脚》。文曰：一个男子汉，看别人比自己出色，要说不妒忌、不眼红，那是假话，关键是眼红了之后怎么办？一个优秀的男人眼红之后会生气地踹自己一脚，多跑几步赶上前边那位。而一个坏男人会用计踹前面那位一脚，让他受伤后走不动落在后面，然后再用恶语奚落他。

此实乃一段精辟之论，亦是逼真的写实。国人之脚功所传者久矣，但多踹在别人身上，能踹自己的却不多见。金童小子才疏学浅，收遍古今也没找出几位。可敢于踹倒别人的却大有人在，君可知战国时那两位大军事家孙膑与庞涓乎？他们同出一门，同系高足，分手之后各事其主。可庞先生心胸太窄，唯恐孙先生才出其上，便黑下脸来使出脚功，踹不足事，还挖下他的两块膝盖骨。让你以轮代步，看你还能在前面晃来晃去乎？

这一档扯得太远，再说说身边的某公。某在某机关某公司某学校乃至某工厂某商店都不重要，总之知其谋事即可。重要的是，在他见其同僚同事同仁同志欲晋升长资之时，此公熟练地使出国传脚功。其招式之多令庞涓辈瞠目结舌。无中生有式、揭人隐私式、明枪重击式、暗箭伤人式，如是种种，枚举难胜。直至踹你倒地不起遍体鳞伤永远抛在他的后面方肯罢手。读者先生大都见多识广，我想只要您稍稍留心，就会发现此公。

其实，这种国传脚功现已并非吾国专利，洋大人中亦有真传，且承之者不仅仅是男性。还记得轰动一时的哈丁克里根案否？这两位红极世界的冰上美人，生活中是朋友，事业上是对手。据说，为夺冬奥奖牌，哈丁唆使前夫雇用杀手将克里根击伤，欲让她腿折膝断，看你还如何来与我争？所幸那打手慈悲了一点儿，克里根带伤赴赛，还得了块银牌给这桩公案增添了新的内容。近又传闻，说哈丁也遭此劫难，生事者原系拜倒在克里根足下的男性。呜呼，如此踹来踹去，美国体坛岂不要陨落两颗明星。

书春先生提出要踹自己一脚，不知除先生之外还有几人可能？按国人习性，"水落石出"者可，亦踹倒别人显出自己。但"水涨船高"却不大习惯。尔进我进，共同奋斗，平等竞争如何可以？让别人挤了自己，超过自己绝对不行。唉，实乃妒妇之心小人之举族之劣根是也。欲除，就学王先生，也踹自己一脚吧！但要有心理准备，那就是别怕疼。

孩子与车子

日前金童小子奉命为《长春日报》写了一篇评论员文章，题为《此风刹得好》（发在《长春日报》3月19日一版），文首曰："根据市委领导指示精神，市委督察室、市公安局交警支队于近日连续到师大附小、树勋小学等重点学校进行突击检查，并通过新闻媒介将用公车接送子女上下学的单位车号、司机向社会曝光。今天，市纪委等有关部门又联合发布了《关于严肃查处用公车接送学生上下学的暂行规定》，积极之举，合民心，顺民意，惩邪扶正，万民称快。"

这篇评论所言，即长春采取行动刹堵用公车接送子女上下学之风之事。论前《长报》曾以显著版面对刹堵行动和检查结果作了重要报道，社会反响极大，群众无不赞叹"这件事抓得好"。抛开社会反响不论，冷静下来，思而忖之，孩子与车的问题久理不顺，实在应引起我们深思。刹堵公车接送子女在长春已非首次，去年10月，省委常委、市委书记王云坤同志曾就一小学生来信做了重要批示，并指示有关部门进行刹堵。公开曝光，舆论监督，组织处理。一时之间，声势浩大，民众欢呼。《人民日报》《中国青年报》《中国检察报》等各大报家以及广播电视在报道长春做法的同时，亦对哈尔滨等地情况作了报道，民心所向，民心所盼，使有些行者不得不收敛之。然仅事隔几月，此风又长，何耶？金童小子百思不解。

据两次参与突检行动的长春市委督察室主任安宝信先生云，在接送子女上学的行列中，不仅有公车，还有大量私车。突检期间，某校门口一天早上就有八十余辆出租轿车供学生享用。自家养者有之，打出租者亦有之。总之，这些福崽几岁、十几岁就开始享受县团乃至地师级待遇。与金童小子年近不惑尚以步代车形成鲜明对比。

金童小子，先为人子，今已有子，子亦在学，出而由之，归而由之，未尝接送，故不知那些用公车抑或私车接送子女上下学堂的先生太太们心怀何种想法？按中华国统，爱及父母尊长之为孝，爱及子女后生之为责。养子为续，教子成材，故孟母三迁断织明理，孔明示训劳筋劳骨。就连今天的日本人还知教育孩子恶侈求俭，远逸近劳。君可知他们每年都要给泡在甜水里的孩子吃"忆苦饭"乎？糠菜之物，无油无水，或蒸或煮，分而食之。无论谁人之子，上至显要财伐，下至庶民百姓，无一例外。为何？盖不要忘本，从小养成吃苦耐劳之品行是也。

让我们又怎样呢？能坐专车读书的"显贵"少年，其父母亦不过司机、厂长、经理以及个体户之属，最大亦不过处级干部，最富亦不过百八十万，有几人能与东瀛家长可比？可人家教孩子的是俭朴和奋斗，我们教孩子的是奢侈和享受。如此下去安可成龙？金童写那篇评论时，一资深老笔曾于文面加上这样几句："用公车接送学生的家长不是好家长、好干部，坐公车上下学的学生也很难成为好孩子、好学生。"小子要说，这老笔说得极是，不知教子近善、助子成材的家长如何算得上好家长？只知讲求享受，养尊处优，惯满身骄奢之气的孩子又怎能成为艰苦朴素，积极向上，身体健康，刻苦好学的好孩子、好学生？

别太把自个儿当回事儿

山外有山，

天外有天，

楼外有楼，

人上有人。

这是老辈人经常讲给晚辈的话。其目的就是告诫你别太把自个儿当回事儿，高松立在山顶上，还有苍鹰在上头。

可现在的人不知怎么了，当个芝麻绿豆个小官，就开始指手画脚耀武扬威。动辄你应怎样怎样，或者你看我如何如何，如果别人听不进他的意见，就干脆以权相压："你是头儿还是我是头儿？"

如果有几个小钱，就更不知天高地厚，今夕何年。好像世界都归他管，都归钱管。动辄这有什么了不起，那又算个什么，不就是差点儿钱吗，我给你摆平就是了。

还有一种人，官也不大，钱也不多，却总是觉得怀才不遇，对社会这也看不惯，那也不顺眼；对同事对朋友，这个也不行，那个也不中，唯我正确，唯我优秀，唯我是正人君子。于是，就经常牢骚满腹，愤愤不平。

其实，当官也好，有钱也好，有才干也好，都没必要太把自个儿当回事儿。你当个小官，还有多少个比你大的官管着你？你有几个小钱儿我不求你行不行？你说你有才干，在如今的社会里有才干的人又何止千千万万？

我有一个朋友讲过一个故事，说一位领导批评一个翘尾巴的干部，"你觉得你是溜琉，我不弹你你就是玻璃球子。"虽为俚语，却有道理。

社会如盘，人为棋子，将相车马，各有定位。更何况寸有所长，尺有所短，何必非得你是人非。天高地阔，但从未听之自言其大；蛙鸟常鸣，可又有谁会在乎它们的叫声？

关于女星的随想

近来闲翻杂报，看到两则关于演艺圈中女演员的消息。其一是老维平先生写的《美丽面孔的背后》，文中写道：自从巩俐跟了张艺谋，并以《红高粱》走向世界后，巩、张二人便成为很多演员特别是女演员仰视的最佳组合和仿效的模式。以至巩、张分道扬镳，很多女演员以为有了机会，纷纷争取"巩俐第二"，企盼靠"张"成名。据说，有一千多位女演员准备由张艺谋待选。一位毕业于湖南某大学、后弃商从艺的女演员，就曾对我说，她打算投到张艺谋的麾下，目前正在千方百计地托关系，哪怕是给张艺谋打杂都行，"跟了他，我就有机会"。

还有一位刚刚毕业于电影学院的女演员，在刚刚播放完的一部电视连续剧里出演女3号，其演技平平。一位与张艺谋齐名的电影导演，经不住电视受众面大的诱惑，决定"下海"拍电视剧。经朋友介绍，这位导演约见了这位女演员，并为其天生丽质所俘获，当即拍板由她来扮演戏中的女2号。据一位知情者说，该小姐"将计就计"，当天就把该导演给"搞定"了。

其二是兆言先生写的《好莱坞也开始扫黄了》。他在文中举了两个例子，一是说选美出身的著名影坛新星莎朗·斯通，是令大制片们垂涎欲滴的热门人物，在她初登影坛之时，许多制片人都想以"一次上床、一个演出机会"来换取她的芳泽，但这位小姐很懂得自爱，那些先生们一一遭到回绝。二是说凯萨琳·玛西琳。这位名模出身，在《风云女郎》中担任主角的新秀，也同样是制片们"猎取"的对象，但她宁肯不要巨额片酬，也绝不和导演上床。

两则消息，两相对照，令人汗颜。作为黄皮肤黑眼睛中的一员，我决无长洋人志气灭自家威风之意，但我们这些未来的女星如此之举实在是过于下贱。出卖肉体，换取名利，与娼与妓何异？艺品即是人品，如此卑劣之人格如何能够成为让人尊重的艺术家？也许有人会说，某某不是已经出了名了吗？但她只是出名，却永远也不会得到别人的尊重。这是女人们的悲哀，更是所谓的名女人们的悲哀。

说　权

　　权，即权力，也叫权柄。按辞书上的诠释，就是政治上的强制力量，或职权范围内的支配力量。在封建社会里，最有权的人是皇帝，他不仅拥有金银财宝，三宫六院，而且金口玉牙，说啥是啥。君让臣死，臣不敢不死，至于老百姓，其性命还不如御花园里的一株草呢。其次有权的就是丈夫或是父亲。那时候不讲男女平等，父子也绝不可坐在同一条板凳上。那时候做个男人可谓是趾高气扬，无论何等刚烈之女子，对于丈夫的命令也绝不敢违抗。至于后生小子，在父亲面前就只有俯首帖耳、言听计从的分儿，稍有不敬，杀了你也无人敢来拦挡。

　　现在不同了，人民当家做主，妇女翻身解放。每个公民都享有参政议政管理国家的权利。过去皇帝老子享有的权力被人民平分了，全国人民代表大会是最高国家权力机关，它可以制定法律来体现国家和人民的意志。这就是我们的人民民主专政。要专政就得设立各种具体理事的机关，设立机关就要有种种"长"，这些"长"就是行使人民权利的代表。统而称之，叫作干部。所以，《党章》上就规定，我们的权力是人民给的，每个党员干部都必须全心全意地为人民服务。但是，现在有一些掌了权的人忘了这一点，他们拿人民给的权力去刮人民的血汗，以权谋私，以权换钱，贪赃枉法，为所欲为。因此，代表人民根本利益的党，又要费心劳神去反腐败。这里就引出了一个问题，既然那权力是我们大家的，别人拿去来欺压我们，我们为什么要受？我们把它收回来有什么不成吗？

也许有人会说，百姓犹如草芥，人微言轻。但你可知水可载舟，亦可覆舟，更何况我们人多势众。如果我们每个老百姓都学会用法律保护自己，保护自己的利益，想贪的人就没了可贪的机会，想搜刮民脂的人也没了胆量。现在的问题，人人都狂呼反对不正之风，同时又自觉不自觉地行不正之风。一面骂大夫收红包黑了良心，一面把红包往大夫的兜里塞。你问这为什么，理由十分简单，大家都塞，你不塞行吗？可反过来，我们大家都不塞不就行了吗！可鉴，问题还在于我们自己。扯得似乎离权远一点，其实不然，保护自己不是一种公民权利吗？

再说说女人和孩子。现在不仅女人有权，孩子更有权。女人把中国几千年来受男人欺压的气全撒在现代男人的身上，让全中国的男人都得了"妻管严"。而孩子更是至高无上。有一老人问一乳儿："你们家里谁说了算？"答曰："我爸爸管我，我妈管我爸，我管我妈，你说谁说了算？"

说　钱

　　钱这东西是个魔鬼，从古到今不知索去多少人的性命。因此，古语中就有了"人为财死"之说。但是，死归死、财归财，尽管有无数前车之鉴，人们也照样趋之若鹜，甚至赴汤蹈火也在所不辞。即使死到临头，也决不肯放弃手中的钱袋儿。为什么会这样？用一句老话，就是"有钱能使鬼推磨。"用句现代流行的话，就是"钱不是万能的，但没钱是万万不行的。"一个国家没钱，民族就挺不直腰杆，你在国际事务中就要永远处于被动，甚至受人欺辱，乃至丧权辱国。一个城市没钱，就无法进行建设，就无法在竞争中求得发展。一个家庭没钱，站在人前就会变矮，甚至遭到有钱人的白眼。由是可鉴定，人需要有钱，钱不仅是身份地位的象征，钱也是一个人谋生能力的体现。

　　但是，君子爱财必须取之有道。做生意的走南闯北，风餐露宿，赚的是辛苦钱；出卖劳动的身背肩扛，跑街串巷，端盘洗碗，赚的是血汗钱；教书的写字的，在机关里为百姓办事的，点灯熬油，绞尽脑汁，费心劳神，赚的是清白钱；唯有那些吃拿卡要，鱼肉百姓的，那些坑蒙拐骗，欺诈群众的，那些贪赃枉法，图金钱梦的，捞的是黑钱，是昧了良心的钱。所以，这些人不管他在人前怎样洋洋得意，怎样耀武扬威，但他们的心里总是惴惴不安。其实，他们不懂造福的是钱，造孽的也是钱，待到一朝人死财空，一切都是枉然。

会赚钱，更需会花钱。报载，某做服装生意的款哥在歌厅里斗富，一夜万金，这便是不会花钱。你想，用去多日的辛苦，逞一时之豪气，怎么能上算？而山东有个王廷江，是个地道的农民，靠拉板车起家，经过十几年的奋斗成了沂蒙山区农民的首富。但他有钱不忘祖训，聚之于己，用之于民，把六百万资金全部献给生养他的沈泉村，并且带领这里的百姓一起去沙里淘金，使全村成了山东的首富村。这就是会花。钱为人用时，人是财主；人为钱用时，人为财奴。钱这东西生不带来，死不带去，你不让他为这个世界造福，留之何用？

陕西有个作家叫贾平凹，他有一个观点，说钱就如人身上的垢甲，洗了生，生了洗。又说，钱对于我们来说，来者不拒，去者不惜，花多花少都不受累，何况每个人不会穷到没有一分钱，每个人更不会聚积所有的钱。这种态度我很赞同，李白不是也说"千金散尽还复来"吗？

说　麻

　　我友培光先生有个观点，叫作小赌是乐。并且专门署文大加宣扬。其实据我所知，此兄赌技并不很高，赌瘾也不算大，但他能悟出个中乐趣，亦算是深谙此道啦。

　　在赌具中目前最大众化的恐怕要数麻将，如果哪位好信儿到各家去走一走，十家中如果有三四家没有此物就算我是白说。可见其普及率实在是够高的了，如果你再对市民进行一次调查，除去老人和孩子，如果会玩麻将的人不超过70%～80%，也算我是胡云，可任你阿猫阿狗地去骂。

　　麻将为什么会有如此的引力？梁实秋先生说："麻将之中自有乐趣。贵在临机应变，出手迅速。同时要手挥五弦目送飞鸿，有如谈笑用兵。"梁任公启超老人家说得更妙："只有读书可以忘记打牌，只有打牌可以忘记读书。"梁实秋先生在缘引任公这两句话后有一段绝妙的议论，他说：

"读书兴趣浓厚，可以废寝忘食，还有工夫打牌？打牌兴亦不浅，上了牌桌全神贯注，焉能想到读书？二者的诱惑力、吸引力，有多么大，可以想见。"

但是，书读多了决无坏处，最不良的后果也不过眼睛近视，身体虚弱，或是呆头呆脑，不更世事。可麻将如果打多了，问题可就大了。最近，我在一张报纸上看到一篇谈麻的文章，文中给麻将列了六大罪状。（1）打麻将可以诱发犯罪。理由是长期泡在麻将桌上，一般来说工资族是无法承受这一项长期开销，一旦债台高筑，或偷或抢或是卖身都是完全可能的。（2）打麻将可以造成家庭的不宁。其原因就在于为积赌资无论男女都要藏一点儿私房钱，一旦对方发现便要产生"火拼"，其后果可想而知。（3）打麻将可以破坏邻里和睦。你想，城市生活，大家都住在一个大房子里，分隔不过是一块薄薄的楼板，玩到兴头哗哗啦啦，乒乒乓乓，局外人谁能受得了？（4）打麻将影响工作。这原因很简单，上帝造人，就是阴一半阳一半、夜一半日一半，日出而作日落而息，如果夜以继日地搓，白天还哪来的精神去干工作？再者谁也不能保证天天都赢，天天都心情愉快，如果哪天输个腔了毛光，还有心思去想今天谁干什么吗？（5）打麻将影响身体健康。这个原因就不用多解释了。（6）还有一条就是打麻将可以诱发领导干部的腐败。并举了例证，某地某时某某给某领导连点数炮，点者和被点者都心照不宣，自然是乐在其中，麻不在麻，麻将文章在麻外了。

我很同意他的这些观点，但我决不赞成由此就要提倡全民戒麻。如朋友相聚，家人扎堆，酒足饭饱之后搓上三圈五圈以助余兴岂不快哉？应该说，在当前社会文化生活还不十分丰富的情况下，搓麻也不失为一种娱乐方式。

说　大　款

大款是我们这个社会里的一个新兴阶层。他既不属于蓝领，也不属于白领。是介于两者之间，原于两者，又脱离了两者的新的一族。因此，大款这个词就像"大腕儿""大哥大"一样，辞书上找不到诠释的答案。是谁发明了它，目前尚无从可考。但有一点可以肯定，那就是这一族和这些词都是改革开放的产物。

因为工作原因，我也接触过一些大款。他们大多是寒苦出身，有的是工人，有的是农民，有的是小职员，还有一些是曾经犯过科、坐过牢的。但无论是哪一类，他们都是那一族中的佼佼者，都是这个社会里的聪明人。他们是中国改革开放政策的直接受惠者，但他们也大都吃过别人没有吃过的苦，他们用血汗换来大把大把的钱，钱改变了他们本该素面朝天的命运，也改变了原本无法区别一般百姓的形象，更改变了他们在这个社会中的地位。他们中有的开始变得趾高气扬，开始用手中的钱去指挥曾经指挥自己甚至于掌管自己命运的人，去为他效犬马之劳。为一席千金与压倒了另一个"阔佬"，为花几个臭钱即可随意驱使围在身边像苍蝇一样的"靓女"。

但是，也不是所有的人都买他们的账。不仅仅是"清高迂腐"的知识阶层，就是那些思想比较解放，行办比较开放的白领或蓝领丽人，也同样对他们嗤之以鼻。张晓霞女士在上海做过调查，得出的结论是多数女性对大款的印象不佳。她们的评价是：这些人恃财斗富，生活糜烂，缺乏内在修养，生活无聊，甚至堕落。张女士在《海旅女士与海派先生对话》一文中列举了三位小姐对大款的评价，其一曰："大款打扮入时，手持'大哥大'，一副整日为生意劳碌奔波的样子。许多大款让我觉得他们除了钱一无所有。"其二曰："大款给人的印象总是穿着名牌服装，手握'大哥大'，出入以车代步，身近总伴着一个时髦的女人。"其三曰："一个能赚大钱的人并不讨厌，但令人讨厌的是，一个人要用钱来表现自己的价值，而这种人除了几个臭钱以外，其实一文不值。"这就是一些大款们给人们留下的印象，虽非全部，可见一斑。

当然，大款中大多数人还是好的，特别是那些真正创立了一番事业的大款，他们不仅有同情心，更有社会责任感。他们赚了大钱不忘国家，不忘百姓，拿出钱来支援国家建设，投资社会福利事业，繁荣地方经济。如我在《说钱》中提到的王廷江。所以，公正地说，大款一族不应都成为社会斥责的对象。但大款们一定要注意，别让那些滥竽充数的"小款"们坏了名声。

买椟还珠

这是韩非子先生一则寓言的题目，也是一条成语，二十年前学了之后一直未曾用过。闲来与同事聊起现在的商品包装和商品质量，颇具此题所讽之意，故借来一用，还望大方者勿笑我辈之愚。

韩先生文言：有楚国的商人到郑国去卖珍珠，用带有香气的木兰（一种名贵木材）做了只漂亮的盒子。这还不算，它还燃椒、桂等香料把盒子熏染了一遍，之后又在盒子上镶了美玉，在四周嵌上翡翠，然后才装上珍珠卖给郑国人。可成交之后，郑国人没要他的珍珠，而只留下了盒子，这很使这个卖珍珠的楚国人大惑不解。到这里韩先生便断了下文，而以"此可谓善卖椟矣，未可谓善鬻珠也"做了了结。注者云：这则寓言既讽刺了主次颠倒的卖珠者，也讽刺了只重形式不问内容的买椟者。这件事发生在两千年前，由此可见，那时便有了"市场经济"。我们再回到包装和商品上来，话说那颗珍珠未必不珍贵，可那郑国人花了银子买下又还给楚人说明什么呢？买珠带椟、留椟还珠，一来可以说郑国人太愚，二来也可以说那只盒子（椟）实在太美了（又精美又漂亮，且镶珠玉还带香味，谁能不喜欢呢？），不然他缘何不留珠而留椟呢？

近年来这个楚国的制椟者在中国大有传人，善椟（包装）者比比皆是。君不见女士们的化妆品包装、男士的高档服装包装，乃至药品包装和日用品包装，虽比不上那只嵌玉熏香的椟，但比前些年的黄皮纸确有了长足的进步。但我要说的是这"椟"里的"珠"，有几多货真价实呢？入秋以来我给儿子买了五双皮鞋，鞋盒皆十分精致，不仅有中文厂家商标，还有外文，有中国制造之字样。你想，敢让外国人去穿质量能差吗？可五双鞋中有四双没穿上一周就出了毛病。先前两双见了问题就持信誉卡去换，待到第三双连换的心思都没有了，店家态度不说，就这腿儿都跑不起了。索性破了再买，直至到第五双。这双倒比前四双强些，椟（鞋盒）也比那几双精致，可目前才看出来，花的是皮鞋钱，实则是一种人造革，你说玩人不？楚人造椟实为卖珠，今人造椟实为欺人，可恨乎？

与是相左，亦有不重椟者。去岁七八月间，武汉有朋来长考察，曾陪之去百货大楼一逛。某先生相中一件新潮女装，欲购之献妻。服务员满是热忱，选定之后付了款，待包装时却出了岔头，没有手袋，亦没有包纸，只找了一条包装箱拆下来纸腰束而提之。武汉人摇头，我亦苦笑。走时我对那位亦难为情的服务员说："请转告你们老总，备点印有长春百货大楼字样的方便袋儿，谁用一只权当作一次宣传"。那女孩连连称是。我想，如能按此施行，就能让长春百货大楼的名字连同企业口号一同随小巧精致的包装袋进入千家万户，走遍大江南北，碰巧再跟老外去世界周游，岂不比上电视做广告的几秒钟来得实在？

不 敢 逛 街

文人习性，大体可分为两种：一种喜静，坐拥书城，参禅悟道；一种喜动，街市跑马，寻找热闹。我虽无文人之才，但因长期混迹文人之列，故也学了文人爱寻热闹的习惯，譬如逛街就是我的一大嗜好。

先前逛街，总觉得很有情致，将妻携子，出书店，进商场，这儿看看，那儿瞅瞅，问问价钱，听听行情，即使一个周日一无所获累得腰酸腿软亦觉欣然。然而近些时候却不敢再贸贸然去逛街。为何？缘由之一就担心上当受骗。

我这个人天性憨实，又常常管不住自己的贪心，每每遇上"削价处理""清仓大甩卖""节日大酬宾""让利谢上帝""重奖一百万"之类，就抵挡不住物欲的诱惑，怀着侥幸心理倾囊以对，结果买到的总是后悔。比如花上百元买回一堆废物，扔不能扔用不能用，花几十元买回一瓶参花洗发精，花十元买回一条积压肥皂或掉毛牙刷等等，这等事情谁能不感到沮丧。

奇怪的是受骗之后明知那是商家圈套却不肯接受教训，往往愤怒一阵子后悔一阵子又重蹈覆辙。该买废物还照买不误，该花冤枉钱还花冤枉钱。实实在在应了"人为财死知死赴死，鸟为食亡知亡趋亡"的话，想占便宜，结果总是吃亏。

为是，曾大骂商人不道，黑了良心，该千刀万剐，该五马分尸。可转念一想又觉自己实在无聊，从商即为利，"天下熙熙，皆为利来，无下攘攘，皆为利往"，世人皆如是，商人又有什么不可？上述种种不过商战策术，你贪心不死，商人担什么过？钱装在你自己的口袋，没人强迫你买，你愿上当，自该愿打愿挨。如此，便给自己立下了一条不成文的规矩，无要紧之事不准逛街。即使非去不可，亦要速去速归。把心留在家里，让贪欲释于书中，由你巨商大贾招数再高再多，看你能奈我何？

别把上帝当孙子

在当今社会里，商家的嘴个顶个都比蜜蜂拉出的粪还甜。动则消费者是我们的上帝，或曰买家系我等的衣食父母，等等，让这些笨如金童者心里总是美滋滋的。待到口袋被人家掏空的时候，才猛地一拍脑门儿，原来自己被人当成了孙子。

呜呼！造物主让我等来到这个世上，原来是想降福与我，为什么我等今天要受到人家这样的侮辱？金童思虑再三才想出一个答案，那就是在这个世界上人虽然都是相同的形象，但有人是豺虎，有人是猪羊，猪入豺口，羊被虎食，乃天经地义之理。商家就是商家，百姓就是百姓，你不吃亏我上哪里去赚银子？我捧你为上帝，上帝的义务就是为我造福，你不赐福与我我还有什么奔头？所以，我想吃你的肉你决不可给我骨头。

其实，那些泯灭了良心的所谓商家忘了一个问题，尔等的同胞决不全是阿斗，上帝之所以没有发怒完全是出于民族的善良。汉代那个贾老夫子说无商不富无农不本，金童等一干人马忍辱受屈完全是为了想让祖国富强和人民幸福，不然凭什么让你敲我的竹杠？所以，金童我老先生奉劝那些忘了童叟无欺祖宗遗训的大老板小老板真老板假老板，再别干那些昧良心的事儿，也好在梦中求个安生。不然如果上帝真的发怒，还会让你在灯红酒绿中轻歌曼舞吗？

　　我老人家姓的就是一个钱字，故而我从不反对任何人发财，但一定要记住一条，君子爱财取之有道，不然尔算个什么东西？再者，钱这玩意儿乃身外之物，生不带来，死不带去，你要那么多索命的妖魔不是自讨苦吃吗？好了，我老人家今天就谈到这里，尔等如果认为我老人家说得在理，就把上帝真的当成上帝；如果认为我老人家是一派胡言，就权当您老人家听了一个响屁。如何？

爱 的 创 作

艺术才需要创作。

把爱归入艺术门类不是我的发明，六十年前有思想的学者们就提出了这样的观点，周作人在介绍斯妥布思女士《结婚的爱》时就曾说过："我想欲是本能，爱不是本能却是艺术。"这是很有见地的创造，因为这样就把男女婚姻从"生女有所归，鸡狗亦得将"的境地引入了一个新的境界。

"最诚实的爱人，不会两天接续的同样地爱着一个女人"，这是泰耳特在《病的恋爱》中说的一句话，听起来似乎有点吓人，其实他说的很有道理，爱作为一种心态不会是一成不变的，就如我们对衣服款式与颜色的选择，对于身边事物的兴趣和态度，以及对于自身的认识和对于整个生活的看法，无不随着时间的推移而变化。如此说来，让爱一成不变便是痴人说梦了。

聪明的读者看到这里会不会想到：你这小子定是个下流坏子，这不是主张喜新厌旧吗？此念差矣。只想让人们承认爱不是一种定式这个现实，十二分地赞同爱是一门艺术的主张，更赞同对爱进行再创作的说法。

"婚姻是爱情的坟墓。"这是时下很流行的论调，论者的理由之一，就是妻子（或丈夫）决不能从丈夫（或妻子）那里得到情人所给予的那种热情和殷勤。因为在情人当作恩惠而承受的东西，丈夫（或妻子）直接取去，把它当作自己的权力，因此再尝不到爱的甜蜜，故而对婚姻产生厌倦情绪，严重者导致破裂。其实这并非婚姻本身的罪过，法国作家莫罗阿在《论婚姻》中说："婚姻本身（除了少数幸或不幸的例外）是无所谓好坏的，成败全在于你，只有你自己能答复你的问句，因为你在何种精神状态中预备结婚只有你自己知道。婚姻不是一件定局的事，而是待你去做的事。"

看来，关键在于你怎样去做，也就是说看你怎样进行爱的再创造。只要你不断地更新自己，完善自己，使你每天都以一种新的姿态出现在你的爱人的面前，岂怕他不会两天接续地同样地爱着一个人？

为 父 者 言

　　小时候最羡慕的就是有一天自己能当父亲（亦叫爹）。爹是什么？爹是高高大大的树，让家里所有的人都躲在它的树荫里乘凉。爹是厚厚实实的一堵墙，挡住雨也挡住风，让小屋永远做着温馨的梦。爹就是老虎，是狮子，是吼一嗓子就能震住一切的神。

　　可真的当了父亲，才知道爹的威风只是一面高高挑起的旗。那面旗的后面还有那么多辛酸、烦恼和无奈。当了爹就免不了要当搓衣板儿，洗尿布不说洗尿布，美其名曰"万国旗"。当了爹就得当小保姆，当厨子。总之，就是一句话，想当爹就得没脾气。

　　千辛万苦挨过一年，看着水水灵灵的小东西，心里也顿生几分惬意。心想儿子一张嘴，冲他老爹辛苦的份上肯定会最先叫一声爸爸，可一张一合之后，什么都会说，就是不说爸爸。不叫也成，反正谁也不会从字典里把这两个字给抠出去。今天不会叫，明天总会叫，说不定会叫出点花样来。不叫到好，叫了一声爸爸扔了所有玩具。什么小兔小鸭小公鸡，皮球娃娃照相机。只要一样，那就是爸爸。坐在胸脯上，胸脯就是芳草地。骑在背上，当牛当马也当驴。床上骑、地上骑，家里骑，街上也骑……

再后来的日子，就是你写字他要写字。为他准备的纸笔他不用，专抢你的笔在你的纸上涂来涂去。有时刚刚抄完一页稿子，转眼间就留下了他的笔迹。画个圆就说是太阳，画条线就说是海水，还拽着你的耳朵问你"宝宝画，宝宝画。"你说气不气死你。你打他他就去告状，且一告准赢。轻则收去你的纸笔归他所有，重则暴风骤雨满天霹雳。你吵，他就大哭。末了，娘儿俩摔门而去，还甩你一句："不就是一篇破稿子吗，有什么了不起！"

上学了，按理说总可以松一口气。可他问你："人家的爸爸都去接送，你为什么不去？"是啊，人家都能接送，咱有什么理由不去？你有轿车咱有自行车。有风迎风，有雨迎雨，赶上大雪天儿，还得早早地站在校门外，宁肯咱等儿子，别让儿子等咱，如果冻坏了，那还了得？送完一年级送二年级，送完二年级送三年级。到了四年级不用送了，又来新的问题。今天参加这个班，明天参加那个赛，花钱倒是小事儿，可天晚了总得去接，路远了总得去送，谁能放心让孩子独来独去。最难办的是他的"理论"越来越多，比如学习不能太累，死做题不利于开发智力。所以，每天必须保证有时间玩儿、有时间休息。比如多吃水果有益健康，冬天多吃香蕉，夏天多吃雪梨。再比如打电子游戏能锻炼思维，绝不亚于做任何智力习题。你说没听说过，他准说你是老冒，过时的脑袋怎么能认识现代的问题？

　　说起来这还算好，最可气的是他的生活决不允许你的干预。他想玩儿便玩儿，想走便走，你若不许，你就是不民主，你就不是一个好爸爸。他想看书你就不许说话，他想写字，你就得把桌子让给他。他想郊游你就得陪伴，他想吃啥你就得立马去买。现在看来，爹已失去了所有传统意义的优越，确实难做了。

痴 人 说 累

　　"活得真累"，官相的嘴巴、平民的嘴巴、长胡子的嘴巴、涂口红的嘴巴都在叫喊。假使你问"怎么个累法"，他会回答："我也说不清，反正就是很累。"你看，多么有趣，就连金童自己也有着同样的感觉。

　　前些时比金童等一些混虫清醒些的东方妮女士，曾为文道出了一个中年女知识分子的累：外有一份事业，内有一份家务，上有老人，下有子女，对面还站着一位又得依靠她又得管着她的丈夫。单单干一点儿活也还无所谓，乏体健脑，梦总会很香甜的。可是中国人历来多事，在外有同事关系、领导关系、朋友关系，同时在事业上还不甘居人后，时刻得提防着是不是谁想超过自己。在家还有婆媳关系、母子关系、夫妻关系，前二者还好办，处不好可以个过个的，可这后一种关系，处不好就麻烦了，轻则打打闹闹，重则分崩离析，你说伤脑筋不？女人活着实在是够累了。

　　金童不是女人，没有此种体验，可男人同样有男人的苦衷。家里家外出点力气自不必提，光绞尽脑汁的事就够你喝上一壶两壶。年老的得想法儿让子女找个称心的职业，不然就好像尽不到责任。"先机关，后银行，能进税务不进工商，商、粮、供在其次，实在没辙儿进工厂"。现在是猪价高人价低，没窗没门儿谁能进得去？你说够人受不？年轻的操心事儿就更多了，没有对象得搞对象，选了本人还得平衡家庭，时下的年轻人不比过去，讲"实"的多，务"虚"的少，自己没力量，都想找个靠山。有了对象得想住房，一室想三室，有了彩电想冰箱。夫妻恩爱还好办，不然尚得担心是不是有隔水鸳鸯。这只是对内，对外仅仅对笑的应用就足使你筋疲力尽了。见到上司得媚笑，同事相处得假笑，吃了亏得苦笑，你说难不？

　　如果当了头头儿，费心力的事儿则比这更多，上下奉迎，左右关系，在外周旋还不够，回到家里也得冥思苦想，你说苦不？

　　金童不是医生，但想借用医学名词称这种现象为中国社会的现代病。病因何在？我不敢武断，不过我想总与民族心理与现代文化不协不无关系，不知可信乎？

尾巴乱弹

人，在远古的时候据说也有很长的尾巴，但是用处不大，后来就被砍下去了。砍是砍下去了，可人们必须得承认曾经有过，或者说在意识上必须承认那长长的东西还长在你的身体上。不然为什么要说"别把尾巴翘得太高""夹着尾巴做人呢"？

我最初听到这些话的时候，好像尾巴真的翘得挺高，大概已超过了自己的头顶。头顶是什么？是用心血和汗水换来的一顶彩色的纸帽子。尾巴翘起来了，有心人发现了，怀有敌意地曰："别把尾巴翘得太高！"怀有善意的则曰："夹起尾巴做人吧！"我当时的确很反感，不计善恶，一律以不理处之。结果呢？我想勿须赘言，没有用途的东西自然是一种负担。

现在真的到了夹起尾巴做人的时候了，话不敢多说，事不敢错做，为偷安而苟且，为立足而折腰，上则唯命，下则笑迎。有长者赞曰："可矣！可矣！"可心里却别扭得很，苦闷时曾问自己，"可是金童乎？"答曰："是。"何以如是？大丈夫能屈能伸呗……真是哭笑不得。看来尾巴这东西既然有了，就不管你翘着还是夹起，无论如何总是很不舒服的。但话还得说回来，有这种感觉的时候大多是在清醒的早晨，如果在夜里，再加上两片安眠药片，那就会把什么都忘掉了。

混 子 杂 说

　　我友向荆在市杂文学会成立的时候称金童为"混子"。他的理由是："诗最兴盛的时候他曾在诗界里混；后来诗不景气他就凑些散文游记之类到报纸上去换钱；目前杂文热，他也心血来潮，写起什么'青春漫语'，并弄了个学会会员。你说他能不能混？称他为'混子'屈是不屈？"

　　向荆之语自然均为戏言，但金童听来却不得不进行一番自忖。金童年在而立，说不上混世日久，但却也混事有年。他交结过许多称得上"混子"的年轻或年老的朋友，可以说他们混得都很不错。有不懂文学亦不懂艺术者混成某文化团体的"领导"，并可经常出任任何大赛的评委；有不懂经济亦不懂管理者混上了某大型企业的顾问，每季都可混到大把奖金；更有能混者，混进要害部门，并且混上关键职位，手中有权，身后有势，混得脑满肠肥，泡在酒碗里不想做神仙……

混子，大有不学无术之意味，但金童认为，不学可以，无术却混也不成。依我体会混术如下：

级别到了——靠资格混

感情到了——靠关系混

没权没势——靠本事混。

金童当然只能属于第三种，靠爬爬格子混际于文朋诗友报纸杂志之间，开会时混顿酒喝，开会后凑一些文字换盒烟抽，如是而已。实实在在地说，个人想沽沽名钓钓誉；冠冕堂皇地说，为社会创造点精神财富，给人民生产点精神食粮。依左依右，对社会对事业都似无妨。然而，使用其他两种混术混际于重要位置上的兄弟们却是不同了。当评委的可以操纵着人才的命运；当顾问的关系到企业的盈亏；当了领导的就更至关重要，因为有更多的权力握在他的手里。

金童曾向年轻的读者呼吁过打倒影子，但却不敢呼吁打倒混子。这原因十分简单，相信你读到这儿就已经猜到了。

贞 操 闲 论

贞操是处女的唯一的光荣，名节是妇女最大遗产——莎士比亚先生如是说；对一个心灵高尚而美丽的女人来说，保持贞操是一个极为可贵的道德——卢梭先生如是说；主动爱护纯洁的贞操才是高尚的恋爱品格——阎振起先生如是说。

金童不是圣崽，也绝不敢仿圣崽之相开口训人，尤其是对现代型的年轻女士。我想送女士们份礼物，实因吾友之故，吾友时年二十有六，大学毕业后便一直不很运气，求官不得，求婚亦屡屡受挫。先前看了一些，不是因其貌不扬就是因个头太矮。凭吾友魁伟之躯，实在难于凑合。不久前经人介绍偶识一位雅蕙，可谓女中佳丽也，不但长的秀气，且有几分文才，据说还在报上发过文章。吾友甚为称心。可当我等盼吃喜糖时，吾友却冷冷地宣布已经告吹。何故？谓其非处女也。呜呼，非处女也，如何得知，我不想多问，我独为这段姻缘的断榫而惋惜矣。

　　的确时至今日，东西文化交流渐深，贞操观在婚姻中已不再像旧时那么重要，但不知年轻的女士们想过没有，我们的民族毕竟不同于西方的民族，西方人可以未婚同居，处得来则处，处不来则散，我们可乎？每个民族都有自己的文化心理，岂可套用？

　　似乎说得远了些，不过金童认为，女性因失身而丧良缘实在是不上算的事儿。盖你初食禁果的甜蜜将被终生的遗恨所代替。即便为之献身的情人是个有良心的汉子，可你知道他日后会怎么看你？他也许会在一生中都看不起你。如是岂不悲乎？

卫 生 眼 睛

金有足赤乎？

答曰：无。

人有完人乎？

答曰：无。

何以见得？目之所及也。盖在人身上眼睛是个再讨厌
不过的家伙。俗语云眼不见心不烦，什么都摄入那个小洞洞
里，人活着岂能安宁？好在自然有平衡之术，你不是能看
吗？我给你来个黑白交替，让你看到世间的一半儿，不然你
什么都看到了，岂不是增添更多的烦恼。

因此，我以为睁一只眼闭一只眼最为高明，睁着的可以
一看路，使你不至于掉进河里，闭上的可以少去不少麻烦。
千万不要如金童爱妻之辈，长着一双卫生眼睛，专盯着世间
的暗处，鸡蛋里也要挑出几根骨头来。你说这天空真美，

她会说没有那几片乌云才算美呢，你说春天能使人上劲，她会说这时节更能传播病毒。就连金童这样堂堂的汉子，她都能挑出无数毛病，比如路上看漂亮女性几眼，她会说你感情不专，在酒桌上与朋友畅叙便说能煽……如此种种。如果换个男人，我敢说不被她气死也得逃之夭夭矣。好在童久经沙场，且又深知愚妻性烈心刚，爱我如痴，如是便不忌讳了。换一位可乎？你不是说我不行吗？那咱就在不行上来。你不喜酸的我专来醋，你不喜辣的我专来酒。盖人都有自尊和个性，你硬要他（她）失去自我，且得事事都遂着你愿，岂不是异想天开？你应知你就是你，他（她）就是他（她），励其长以就，互敬互爱，这样你好我好其乐融融，岂不美哉？反之你挑我拣专刺痛处，久而久之心灰意冷，岂不痛哉？所以我劝天下的婚男恋女千万记住金童的话，一滴蜜总比一瓶胆汁更受健康人的欢迎，卫生眼睛足以使你失去你应该得的友爱和温情。

打 倒 影 子

　　柏杨有言，说恐龙型人物生活在自己的影子里，他们总是个性膨胀，总是认为自己很了不起。金童才疏，不敢与他老人家同论，我想说及的是生存在恋人或夫妻心灵上的影子，说穿了，即爱情之偶像也。此种影子虽无柏杨所论及的那种影子的危害，但却足以痛苦一个人的一生。

　　我所说的影子有两种。其一为自造型，其二为附加型。

　　自造型的影子根源于恋爱者的想象。大凡青年男女到了懂得性爱的年龄，都会在心中制造出自己的偶像。或飘忽于云际的素衣仙女，或驰骋于远山的白马爱神。总之，他们首先都有自己的图画，然后便开始悄悄地"按图索骥"了，如真能觅得形意投合者，便会结成幸福的一对；如觅而不得，这影便要贻害终生了。莫罗阿在他的《论婚姻》中，曾提到萧伯纳笔下与一千三百个女人发生过情爱的邓·璜，和终生恋爱却终生痛苦的拜伦，我以为他们便是受害于这种影子的典型。

附加型的影子根源于最初的性爱，用弗洛伊德的观点说，也可能源于童年对父母或兄妹的印象。

但金童还是想取前一说，因为这更近于生活。金童曾言，当性爱作为一种力量左右人生时，第一次经历是十分重要的。因为恋爱的双方彼此都在心灵上留下了深刻的印象。如果一旦失败（不论一方抛弃另一方，或双方都出于无奈），对于失败来说，自己的所爱都会成为终生的偶像，也就是附加型的影子。这种影子比自造型的影子对爱的破坏力更大，因为它是作为一个实体出现在失败者的心上。如果不能够打倒，这失败者便要注定一生的失败了。

所以，金童呼吁，所有正在恋爱，或已结婚但不幸福的男女同胞们，赶快起来打倒影子——为了你和他人的幸福。

再 说 影 子

　　忽然想到影子是前几天走在街上的事儿，有男女亲狎如在无人之境，心中不无感慨，叹今非昔比矣。我先前曾做过一篇关于影子的文章，谈青春偶像给爱情心理带来的创伤。我说的影子有两种，一为自造型，即青年男女在少男少女时期因文化影响而在心中产生的偶像（或是大卫式的白马王子，或是圣母玛丽亚式的美妙淑女）。另一种则是附加型，即初恋对象在各自心中印下的影子。这种影子对婚姻的（或再恋）威胁更大。因为它比前者更实际，更具体。它总会在他（或她）婚后（或再恋）失意时反映出来，这样便将给他（她）的这一次婚恋带来极大的危险。

　　我前些时曾看一本青年杂志，有一青年女子很坦诚地谈了她婚后七年仍在心中恋着第一个恋人的矛盾心理，她是因为家庭干预而与他分手的，后来她找到了与他条件基本相同的他，并结婚生子。可她心里却时常想着另一个，音容笑貌总会在她的梦中浮现。她虽然很理智，可却很痛苦。我还读过一篇小说，说女主人时常要求丈夫与她喋喋不休，不然便想丈夫是不是在单位里心情不顺，或者是不是有了外遇而不喜欢她了。这原因在哪？小说在结尾处推出另一个男人来，即女主人的第一个男友，他就是一个喜欢甜言蜜语的家伙。他们虽然分手，可她仍用他的方式（或者留在痛心中的映象）来要求她的丈夫（他的代替物）。这样便造成了两个人的痛苦。这是影子的罪过。所以，我衷心希望尚没有打倒影子的青年朋友尽早学会忘记，别让心中的偶像来充当你精神境界中的第三者，不然你将遗恨终生。

写给天下父母

以"错，错，错"和"莫，莫，莫"传世的《钗头凤》记载了陆游与唐琬的一曲爱情悲歌。

八百年前，陆游和其表妹唐琬相恋并娶，二人感情甚笃，然陆母不喜，遂棒打鸳鸯，一娶妻王氏，一复嫁赵士程。十年后二人沈园相遇，酒至酣时，陆游在沈园壁上题下了这首含泪的词。据说唐琬看后亦和一首，中有"世情薄，人情恶"等句，其情甚悲矣，不久便抑郁而死，只是苦了赵士程了。

八百年后复有悲剧重演。我友无名氏与旧日同窗相恋，来鸿去雁，胶漆难喻。然亦是其母不喜，亦遂为硬性拆散，亦复嫁复娶，然二人亦皆苦矣。唐琬被逐非其不贤，而是因她只恋丈夫却忘了讨好婆母；我友被逐，非其品低，而是因同窗之母嫌其位卑也。我子乃堂堂高校名足，岂可与尔等小民相爱？其词甚疾，亦甚谬也。

金童为过来人，金童有言：当情爱作为一种力量参与人生的时候，对于挚爱着的男女，无论以什么样的借口予以阻挠都是不道德的。因为对于这样的一对来说，他们彼此已在各自的心中留下了美好的印象。如果将他们硬性拆散，那么以后再找到的伴侣便只能作为这一人的代替物。他（她）总会把那美好的印象当成镜子，随时来对照现实伴侣，所以，总会照出失望、痛苦和不如意来。这样，苦的不是被拆散的一对，而是四个人的一生。如果这四个人中有一个不安于这种痛苦，那后果就难于想象了。

陆游与唐琬的悲剧是在八百年前的封建社会，而无名氏与同窗的悲剧却演在今天。但不管是今天还是过去，金童只能对他们四位施以廉价的同情了。因为与他们相较，我更喜欢新近于市郊出走的一对儿。说一少女爱上一乡下残疾诗人，两人定情却遭父母反对，于是这少女便携情人一同外逃了。此行也许为世俗不齿，但在金童看来却远比"忍痛割爱"去与别人同床异梦高尚得多，文明得多。

此文虽论青年之事，但实为天下父母所作，如哪位有此行者能听金童言劝，当不胜感激了。

一 点 感 想

"近来随便读斯替文生的论文《儿童的游戏》，首节说儿时之过去未必怎么可惜，因为长大了也有好处，譬如不必再上学校了，即使另外须得工作，也是一样的苦工，但总之无须天天再怕被责罚，就是极大的便宜。我看不禁微笑，心想他老先生小时候大约被打过些手心吧。"这是六十年前周作人写在《体罚》中的一段话，读来觉得很有趣味，于是便整段抄录于此，仅作这篇文章的开头。

周作人在另一篇题为《谈中小学》的文章中，还引了尤西堂《艮斋杂说》中关于前辈俞君宣的一段话："俞临没时语所亲曰，吾死无所苦，所苦此去重抱书包上学堂耳。"由这两段话看，无论西方的斯替文生，还是东方的俞君宣，他们对童年都有一种恐怖感。何也？怕上学校被责罚。这两个人物大抵都生活在十九世纪，体罚学生该是发生在19世纪的事了。

《谈中小学》谈的就是关于中小学生负担过重的问题，周作人说得很幽默。现抄录如下："我只觉得现在的中小学校太把学生看得高，以为他们是三头六臂至少也是四只眼睛的，将来要旋转乾坤，须得才兼文武，学贯天人，用黎山老母训练英雄的方法来，于是一星期六天（自然没星期和暑假更好，听说也已有什么人说起过），一天八点十点的功课，晚上做各种宿题几十道，写大字几张小字几百，抄读本、写日记，我也背不清楚。各科先生都认定自己的功课最重要，也不管小孩儿是几岁，晚上要睡几个钟头，睡前有若干刻钟可做多少事。"

这写的是六十年前的情况，与我们今天的现状何异？只是今天的先生们比先前的先生们聪明一些，把这种摧残儿童心灵与健康的做法说成是"注意培养学生的自学能力"罢了。说穿了，这种马拉松式的题海大战（小学是作业大战），实乃填鸭式的变种。如此填下去恐怕是弊多利少，如果我们作古时也发出斯替文生和俞君宣式的感慨，岂不痛哉？

我本是不该写这篇文章的，因为先前也曾在教行里混过一阵子的。现在数落起同行的不是，很容易让人想到"忘恩负义"。好在在我之前曾有许多行家对此发过议论，我这只不过是一点感想，相信我的先生们是不会怪罪我的。

爱，也是一味良药

中国有句老话，叫作心病还得心药医。金童略通医道，在他看来，爱，便是那心药中顶珍贵的一味了。金童曾经为诗，也曾有幸读过19世纪英国著名女诗人伊丽莎白·白朗宁的《十四行诗集》，在那跳动着爱之火焰的诗行中，读到了一个令人难以置信的故事。

这个故事的女主人是位卧病二十四年，年在三十九的女诗人。她从十五岁被摔下马以后，就再没有站立过，生命只剩下一长串没有欢乐的日子，青春在生与死的边界上黯然消逝。她每天只能以书本为伴侣，用诗来安慰自己。她的心中充满着悲哀。她在信中说："我一向只是蒙着眼站在这个我将要离开的圣殿（轮椅）里，我还没有懂得丰富的人性，人间的兄弟姊妹对于我只是个名称而已。"

这位出身于贵族家庭的脊椎病患者看尽了当时英国所

有的名医，可他们都没有办法让她站起来。可她后来为什么能在女佣们的陪伴下到教堂里去与情人偷偷结婚呢？之后又到巴黎、热亚那、比萨、佛罗伦萨旅居，这是什么力量呢？勿用我说您已猜到，这就是"爱"。当这个故事的男主人出现在她的生活里时，她哀怨的生命开始了新的一章。她在爱的召唤中告别了冰冷的魔床，在爱的召唤中走进了一个新的世界，爱情使她变成了另一个人。这个女主人就是伊丽莎白·白朗宁，这个男主人就是罗伯特·白朗宁。

我们中国历史上有没有这样的故事我不大清楚，总之到目前尚未有想得出来。不过这也不能肯定没有，一是金童学浅书未读到，二是我们的民族含蓄，这类故事即便曾有过，也未必被史公录下。然而现实生活中的例证到随处可见，如报载×失足青年被×团干部用爱情感化，成为劳动模范，×大学生爱上一迷途的姑娘，使其走上自新之路，等等，都可作为这味良药的佐证。

金童还在报端看过介绍精神疗法的文字，其中爱也是必不可少的一条。情人的爱、兄弟姊妹的爱、夫妻的爱、父母子女的爱、同事同学的爱……

让这世界充满爱吧——为了我们民族的健康。

关于"介绍信"

常听一些初学写作的文学青年发出这样的感叹：咱们写的东西再好也白扯，不认识编辑，没人介绍，投出去就得石沉大海。

我曾问他们："投过吗？"

"没有。"他们悻悻地回答。

我也曾收到过这样的信，大意是说，"我是一名文学爱好者，写了不少好诗，但是发不出去。你是诗人，编辑中熟人多，盼能给我介绍几位。"我一笑置之。

我还听一位当编辑的朋友说，也有这样一些"开拓型"的青年，他们很善于"毛遂自荐"。他们常常屈尊登门，到编辑部（或编辑家）发表演说，讲自己的"身世"和"地位"，讲文学的前途和自己的"艺术主张"，跃跃欲试。他们满以为这样就可以把那些"呆子"震住，但是那些正直的编辑却不买账，他们只相信没有公章的"介绍信"——作品。

由此，我想起一个故事。

据说，在19世纪初叶，年轻的费希特（后来成为法国著名的古典哲学家）曾到哥尼斯堡去向当时闻名欧洲的哲学家康德求教。可是因为忙，康德没有接待他，这使费希特很失望，但他没有灰心。用一个多月的时间发奋工作，然后给康德写了一封信："我到哥尼斯堡来，为的是认识一位被整个欧洲所尊敬的人。我明白，希望认识这样一位人物而不出示任何证书，这是孟浪无礼的，我应该有一封介绍信，此刻我就把它附上。"他的介绍信，就是他用三十五天写出的后来引起哲学界极大反响的《一起丕启的批判》，康德读后甚为感动。

以上故事，我们不难得到这样的启示：世界上并非一切事情都必须依靠关系，真正能够决定命运的还是本事。

由名人失误想到的

唐人张继有一首诗叫《枫桥夜泊》，其中写道："姑苏城外寒山寺，夜半钟声到客船。"对这末句，唐宋散文八家之首欧阳修曾提出批评，说是"贪求好句而理有不通"，"句则佳矣，其如三更不是打钟时！"他认为寺庙是晨钟暮鼓，夜半是不会有钟声的。其实这是欧氏孤陋寡闻，夜半敲钟在唐朝部分地区已经是一种习俗，不但张继诗中提到，在其他诗人的作品中也有描写。如许浑《寄题华严韦秀才院》中"今来故国追相忆，月照千山半夜钟"；于邺《褒中即事》中"远钟当半夜，明月入千家"；白居易《宿蓝溪对月》中"新秋松影下，半夜钟声后"等。这种习俗至今仍保持在苏州的寒山寺里，每逢岁末子夜都要敲一百〇八下，以示迎新。

从以上故事看来，人无完人，金无足赤，虽名人学士也不能事事皆通。你有你的领地，我有我的天空，身在彼未必尽知此也。所以，我们遇事不能妄发议论，知之为知之，不知为不知。对什么都俨然行家派头，指手画脚，只能为时人笑尔。

招 牌 种 种

我本是下了决心不再写这类文章的，可不知不觉竟又写下了这个文题，可能是心里有话，不吐不快之故吧。

招牌者，店之标志是也。

于招牌本身，笔者无话可说，我想说的是与招牌有关的两件芝麻小事。

一是招牌救命。我有一友，经营一个以土特产为主业的销售公司。开业之始，境况还好，可后来却无力在同类行业中竞争，何故？招牌不亮是也。人家是什么"大华公司""华茂公司""远东公司"等等，可他这个地方却是"××土产公司"。相形之下实在是太土气了点，就像人家叫什么"安娜"而你叫"二丫"一样。在外订货，别人一听你的门户头不响，干脆不理你。结果人家大赚，他是大赔。因此，竟一病不起。那日我去看他，他说出了苦衷，我感到应该帮他一把，于是费了两天的时间，想出了一个"中国北方特产公司"。你想结果能够怎样？打出之后，不到半年拓败了所有对手。这是连我也意想不到的。

二是招牌骗人。这类事情无须多举，你如果是个文化人的话，翻开报刊比比皆是。不是××单位行商被骗，就是××少女因上当失去了贞操。笔者从文艺界朋友那里听说过这么一件事，有个末流编辑，打着作家的幌子，以编辑部的名义，专找女作者谈话，结果如何？可想而知。

那些受骗的人为什么要受骗？就以上二例来说，"中国北方特产公司"与"××土产公司"有何不同？他是作家，他在编辑部和他是普通人又有什么两样？如果没有这些招牌他（她）们会不会"受骗"？我想无论谁来回答都会是十分肯定的。

我曾就这个问题与一位朋友探讨，按他说来，这些上当受骗的事例都起于盲目崇拜。那他（她）们为什么要盲目崇拜呢？是因为无知吗？朋友说不清，我也说不清。最近读了柏杨的文集，按他的观点看，大概是始于一种不良的传统文化基因吧？

新 师 说

唐代散文家韩愈，曾针对时人耻于相师的不良风气作过《师说》。他说："古之圣人，其出人也远矣，犹且从师而问焉；今之众人，其下圣人也亦远矣，而耻学于师。是故圣益圣，愚益愚；圣人之所以为圣，愚人之所以为愚，其皆出于此乎！"这个"皆出于此"的结论似乎有点武断，因为造就一个人才，除自身努力外，总于所处的时代、环境等等分不开。但他的分析却见其骨，耻于相师，非只唐人，就是电子时代的今天，也仍为我们社会的流弊。

我刚做教师的时候，一位好心的同事曾经告诉我，踏进校门有"三忌"。一忌请教疑难；二忌代人上课；三忌说长道短。对后二忌我倒颇有所悟，可这第一忌因为什么呢？究其根底，她笑了笑说："你真愚。那样，人家就会瞧不起你"。噢，我恍然大悟了。一向自以为聪明的我，不得不在

这群真正的"聪明人"面前自惭形秽了

小时候,听得许多名人拜师的故事。孔子、孟子、韩非子。就连我们现代最负盛名集史、文、诗、剧诸家于一身的郭沫若,尚且能拜演员张逸生为"一字师",而我们为什么不能呢?

更可怜的是,在今之人中不但有耻于相师者,因学得一字而结仇的也大有人在。前不久,我从家返K城学校,在客车上听人给同伴讲"堕落"与"坠落"二词,云:"堕落"者,社会使之变坏;"坠落"乃自己走下坡路也。听者称是,我也觉得新鲜。这时一名大学生探过头来,诚挚地说:这两词并无关系,只是"堕"与"坠"形似罢了,"坠落"成词只有"落"意。众人哑然,之后便是窃笑。那讲者更是面红耳赤,蒙辱一般。在那学生下车时,竟连出秽语,不堪入耳。后来才知,那骂人者还是一所大学的成人在籍生呢。

悲夫,因一字而结仇,想必是空前绝后了。那些当年被韩愈贬斥的耻于相师的士大夫之族,苦能闻此,也定会自惭不如的。

末代状元与今之年少者

　　传说末代状元张謇是个很自负的才子。他听说康有为善对对子，有些很不以为然。一日见了康有为，便徐徐吟一联："四水江第一，四方南第二，先生来自江南，还是第一还是第二？"吟罢暗自欢喜，以为有为未必能对得来。哪知对方很不经意地悠悠道出下联："三教儒为首，三才人居后，小子本为儒人，不敢居前不敢居后。"状元听罢，不觉一惊，始知有为确有真才，连忙道歉说："悔！悔！"

　　今之年少者，他们不是"状元"，也未必能称得上才子。但其自负却远在状元之上。我在Ｋ大学进修，因为诗的缘故，常有一些青年出入室下，混得熟了，也便无话不谈。一日Ａ君突至，腋下夹一本《美学散步》（宗白桦著），寒暄之后，便滔滔不绝地和我谈起诗歌美学来。初言似乎在理，三句之后我竟不知其所云了，我问他读了多少美学，Ａ

煞有介事地回答"不多。不多。"可当谈起柏拉图、康德以及黑格尔时，他竟连连摇头，就连我们的美学家朱光潜是何许人也都不知道。

还有一君，是搞文艺理论的，常以曾镇南（现代青年评论家）自比，扬言要放一颗"炸弹"，使整个文坛震惊，并常以评论家的身份，在同学甚至老师面前高谈阔论。然而两年过去，我只在校内见他几百个东抄西摘的文字。

诸如此二君者，所见甚多。不但大学里有，社会也有，不足为奇。奇怪的是这些人不能知错改过，并常侍轻狂之举哗众取宠。今天在此地受挫，明日到彼地依然。痛哉！痛哉！我想那末代状元如知其后来者无知也这样自负，就大可不必在康有为面前连说两个"悔"字了。

感　恩　论

受人滴水之恩，该当涌泉相报。

报恩，大抵是人类一种最朴素、也最原始的感情了。《诗经。卫风·木瓜》篇中，就有"投之以木瓜，报之以琼琚"的句子，这虽写的是男女爱情，但从中我们也不难体味出一种报恩思想。假如没有那只木瓜，又何以去报之琼琚呢！

在封建帝王时代，报恩思想被剥削阶级当作一种工具来统治人民。在当时的社会，认为人们所得到的一切，都是上天的赏赐，皇帝的恩典。因此，在精神领域报恩思想便占了重要地位。这些，我们不但可以在古典戏曲中看到，在史书和其他文献中也随处都能找到注脚。

据说，在现代美国还有"感恩节"，在这一天，所有的失业者都可得到一笔救济金，所有的流浪汉都可得到一份面包。这是政府的"恩赐"，穷人们自然感谢不尽了。

笔者所及，是属于另一种性质的感恩。常闻某某当了科长，是得某某提拔；某某在百分之二调资中晋升一级，全蒙某某关照。于是，某某便带重礼登门拜谢；某某便设大宴请忱。甲如是，乙亦然。时间长了，便形成一个个小集团，"恩主"在上，四梁八柱，十二金刚，水泼不进，针插不入了。

前些时，传云某局某公升迁，便将妻携礼去局长家拜望。谁知那局长竟铁面无私，说此事与己无关，乃是组织决定，工作需要。于是连人带礼一同送出去了。我深为局长此举所动，敬佩之情便油然而生。

狐狸，阿Q与妒忌

记得有则童话，说有只狐狸想吃葡萄，可它摘不下来，于是就说葡萄是酸的。看来，这只狐狸很有点阿Q精神。阿Q挨了人打就说是儿子打老子，于是疼便不疼，苦也不苦了。

现在，我们有些青年人虽不是阿Q的子孙，却有着阿Q的某些气质。他们常常因妒忌而产生痛苦，之后便以贬低他人成绩来求自慰，寻得心灵的平衡。如某文学青年在一个群体中出类拔萃，便有人说，他有门路，不然别人的作品为什么不能发表？或者说，他会拍马，给××编辑多少好处。若是××提了干，群体中就有人说，他有根子，不然我们为什么上不去？曾有位朋友与我诉苦，她在某机关工作，整党时曾写了一份很有分量的材料，同志们都说写得好。但有后话，有人说这不是她的心血，认定是她丈夫所为。她听后很是痛苦。

综上所述，他们的做法并不高明，目的也显而易见，就是不承认别人比"我"强。比我强者均是"歪门邪道"，至此，也便像忘了挨打的阿Q一样，心倏忽间就释然了。

按社会学家的理论说，这是一种病态心理，对我们的改革与建设都极为不利。这几年，改革、开放虽然增强了一点竞争意识，但比较起来，在某些人的头脑中，还没有完全占据应有的位置。我们必须正视现实，认清自己，化妒忌为动力，虚心学习别人的长处，在增长学识上多下点功夫。

从柳范说起

据《通鉴》记载：公元637年，唐太宗的儿子安州都督吴王恪，经常外出打猎，使百姓深受其害。为此，侍御史柳范上奏弹劾吴王恪。太宗对此不满。柳范当面斥责了太宗皇帝。太宗很不高兴，拂袖而去。

过了许多，太宗单独召见了柳范，说："你为什么当面斥责我？"答曰："圣上仁明，臣不敢不当面直言。"太宗恍然大悟，并对柳范敢于直言不讳，能面折其短的品行深表敬意。

现在，我们有些干部就是很缺少柳范这种精神，唯唯诺诺，听之任之。前些时笔者听说在某机关里，当了主任的老笔杆起草了一个文件，让新来的秘书抄了一遍，并嘱咐他要交给后起之秀的秘书科长。科长当时不在，回来后见文件有两处不妥，便改了过来。改后又让秘书重抄，秘书告诉他那是主任的手笔，科长立刻显出了几分不安。由此看来，类似这位科长的干部不是没有水平，而是缺少胆量。在他们看来，秘书起草的便可任意涂抹，主任杜撰的却万不能动。如果动了就是班门弄斧，或大逆不道。

其实，领导也是人做，谁都不能永远正确，料事如神。做下属的提些合理化建议，修正一些不正确的规定，皆属正常何怕之有？连封建皇帝受到那等斥责权能变怒为喜，难道我们的革命干部还会为此忌恨在心吗？

敢于为真理负责，为事业负责。这样，不但可以使领导在工作中对你放心，同时也能够加速对你的认识。何乐而不为之？

济公与广亮

少时看《济公传》，常常思慕出家学道，行侠仗义，可是家没出去，道未学成，竟成了家人永久的笑柄。现在济公走上银屏，我又一次重温旧梦，但今非昔比，虽然喜欢，却再也没有当日的虔诚。

济公为什么这样让人喜欢，少时说不明白，现在也未必能够说清。他疾恶扬善，除霸安良；他滑稽可爱，忘忧忘我……总之，他能为民排难解患，永远和百姓血肉相连。

济公自由，但不自在，因为他皈依了佛门，所以吃狗肉喝烧酒便成了终生的大错。因此他便被视为佛门的叛逆而遭到种种责难。

和济公比起来，广亮可谓是佛门的忠实信徒，他从不当众喝酒吃肉，整日待在济公化缘建成的大殿里，披着漂亮的袈裟和老方丈一道吃斋念佛。他住着济公，吃着济公，却不感谢济公。只有到该向方文说坏话的时候才想起济公，只有到严府官兵来闯佛门无法应酬的时候才推出济公。好在那位方丈为人正直，好在济公本事超群，不然，济公准会被广亮的唾沫淹死。

几百年过去了，济公被人们传成了神。但广亮却留下了后代，直到今天，我们还能在各个部门中看到他的"子孙"。

笔者供职于一家机关，曾见过这样一件事情。某某和某某一同调入某局，前者知书，通古今晓天下，文章亦是超人。但此人惯于说长道短，这便成了与济颠和尚吃狗肉喝烧酒一样不可饶恕的罪过，牢牢地抓在后者的手中。后者达理，礼能通天，他虽没有前者的本事，却能靠打小报告使局长乃至部长听他"调遣"。那些"官"儿们也实在不如那位方丈，在关键的时刻置群众意见于不顾，于是，前者劳而无功，后者连连升迁。

荐 与 压

　　我有一个朋友，在一家厂里当技术科长。他人很聪明也很笃厚，大学时代就很受同学们尊重，自然就更少不了少女们的青睐了。

　　今年春天，我有机会去A城到他家做客。那对当年的情侣早已成为一儿一女的父母了。他的妻子在一所重点高中任教，年年都有奖状挂到墙上。我看着，感叹着。他从书柜里找出一堆小红本本，有塑料皮的，也有绢面的，打开一看，原来都是获奖证书。有省里的，也有国家科委的。好家伙，几年不见，他竟有这么多发明。我为他高兴，我想今年体制改革，这家工厂的厂长一定是他的了。

　　前几天，我又因公去了A城。这家工厂的改组已经完毕，他不但没有当上厂长，听说连科长也当不成了。原因吗？有人说：该人虽有水平，但组织能力太差，需要派到车间去锻炼锻炼。也有人说：他吗，人太憨直了。关键时刻怎么能扣主管领导儿媳妇的奖金呢？

呜呼！原来如此。一个有能力、有发明，又年轻的技术干部竟受到如此压制，我心里愤愤然了。可有什么办法呢？

冷静之后，我忽然想起另一件事来。据载：在明英宗的时候，有个叫扬溥的人，曾以大学士辅政。一天，他的儿子从家乡来京看他，他问儿子："一路上见哪个守令贤能？"儿子想了想说："江陵县令很不好。"问其究竟，答曰："他对我招待得太简单了。"杨溥笑着点了点头，默记下这个守令的名字，这个人就是天台范理。后来杨溥荐他为德安知府，范上任后为百姓办了许多好事。

一位是几百年前的封建士大夫，一位是我们队伍中的领导干部。相比之下，能让人说些什么呢？

"剪彩"与"拣财"

前番笔者论及"饭票产业",言人们把参加"喜宴"称之为"买饭票",由此可推知人们对这种社会活动的厌倦程度了。然而金童最近却忽然发现,人们乐于参加另一种与"喜宴"形式相似的社会活动——新兴企业的剪彩。

如今新兴企业如雨后春笋般出现。企业开门如新人立灶,自然得庆贺一番。所以,笔者供职的机关里常有各式各样的请帖飞至。帖至,各部门各单位必备薄礼,或一钟一匾,或一镜一画,虽钱不多,但人们嫌它麻烦。可近来帖多,礼亦稍厚,更奇怪的是,人们乐此不倦。何也?吾友云:"剪彩"实"捡财"也。

吾友参加过剪彩,说那场面之大实乃金童这等文人不能想象,各式各样的小车几十辆,甚至上百辆,前呼后拥,左鸣右叫,虽无迎接外宾的车队那等气派,却远比那种场面热闹。车齐人至，主寒客暄，然后便是大鱼大肉，再然后便是向来宾赠送剪彩的纪念礼物。薄到被面，厚到毛毯。据说连小车司机也都有份儿。你说，此等快事何乐不为？更何况那送上的礼物是由公家报销呢？

也许，你会问："那企业要花很多钱吧？"当然，至少也得个万八千。但吾友说那钱花得值得，事后企业有事大家帮忙，个人有事亦可关照，实乃一笔好账也。

只可惜那些企业不能单给金童下一请帖，金童又不会自己驱车前去，只好看那些诱人的礼物被别人"捡"去了。

"要"的学问

　　笑娼不笑丐，这是中国的老传统。谁家千金或是太太与人私通，或是私奔，或是以淫为业，那还了得？圣人辈分上的不说，官相辈分上的不论。就是乡里乡亲，族人戚友的指头也足以把你戳成肉泥了。可是如果你是家遇三害，抑或是因懒而肚腹空空，向有钱的抑或无钱的，但比你强些地伸出双手，总会保你有一碗饭吃，不管质量如何，人们总不至于像对待娼妇那样打你骂你，并且还要施舍于你。

　　这是中华民族的善良。

　　新中国成立以后，中国娼绝乞少，可近年来确乎又忽然多了起来。不是我耸人听闻，君不看报乎？君不读书乎？性病复出，丐群遍迹南北，按《中国的乞丐群》一书，那已成为一种特殊的职业。然我今天想说的却是另外两种行乞的行为，一曰乞官，二曰乞誉。乞官之术亦多，软磨轻泡者有之，生打硬要者有之，软硬兼施者更有之，总之张嘴三分利，必得无疑矣。乞誉者更是五花八门令人啼笑皆非，作家出书请人写评总还说得过去，可演员在舞台上如乞儿般向人要掌声可就有些说不过去了。

其实，细想起来这似乎又很正常，你中国人不是善良吗，乞钱都给，乞个官、乞点誉又算什么？呜呼，真是聪明绝顶啦……

"官媳妇"如是说

在中国，婆婆是个令人羡慕的角色。如果上溯些年，真是给个神仙牌位都不换。盖神仙算啥，清心自适算啥，能有我发号施令，翻手为云覆手为雨，让媳妇跪着不敢趴着好乎？所以有句老话叫作多年的大路趟成河，多年的媳妇熬成婆，媳妇到了婆婆的位置上不但不再受气，且可以在后来的媳妇面前耀武扬威了。

金童十八岁当"媳妇"，现今早过而立之年依然还是"媳妇"，看来这家伙天生就是做"媳妇"的命了。因为几次欲得到婆婆之位便被新婆婆"娶"走，处处都是新"媳妇"。刚过门可不敢在老婆婆面前随便，你过得门来就得听我使唤，不然"娶"你干吗？金童多年为媳，自然深明此理，婆唤听矣，叔娌唤听矣，如牛如马。大家自然其乐融融。可是夜来腰酸腿疼静中思痛，心里总有些不是滋味儿，可是又无可奈何，最后只能自叹命苦。但却不能有泪，如果哭红了眼睛见了婆婆岂不是大不恭敬？金童在多年的体验中，深觉做"官媳妇"有两难：一曰婆婆太多关系难处；二曰婆婆专横，活儿难干。如果是个聪明的"媳妇"就没有这些说了，你说冬天下雨，我就说可能气候发生了变化，你说老腿不适，我就抱而敲之。如是，岂有不受宠之理？宠而进位，理所当然，婆位便可望矣。所以，活该金童之辈永无称婆之日，谁让她总自命清高，蠢且直乎！

虎与虎年及避虎

　　虎为百兽之王，自古就是威武勇猛的象征。所以，古代帝王把授予臣属兵权调拨军队的信物叫"虎符"，称骁勇的将领为"虎将"。《周易》上还说"云从龙，风从虎"，故而俗传赵公元帅骑黑虎，是三国名将赵云赵子龙的堂兄。在旧时江南还有一说，即画虎可以"避邪"。

　　今年正逢丙寅虎年，我也收到了好几张有虎的明片儿，但从赠言看来，朋友们并不是为我"驱邪"，而是希望虎年虎虎生风。我想，这确是一个美好而富有时代感的祝愿，无论个人，无论事业，无论祖国还是民族，都应在这虎年插翅，真正腾飞和振兴。

　　谈及虎年，不难想到"避虎"。

　　史载：唐朝太祖名叫李虎，于是人们便不敢说"虎"。一旦提到，定要避开，不然恐即遭灭顶之灾了。于是，便立下一条规矩，臣避君字，子避父字。对此封建恶习，鲁迅曾疾言斥之，云：如是，父若犯"仁"者，子便不可做人了。

今天，避字之事诚然没有，但避"错"确已成为流俗。特别是有些掌权者，一旦听到群众说自己有错，便如坐针毡，甚者大发雷霆伺机报复。故此，又形成一种习惯：问题大家摊，成绩一个端；成绩往上吹，问题往下推。于是乎，人们便也学得乖了，什么官僚主义，什么不正之风，通通不关己事，明哲保身，万世之宝也。

我们的党是马列主义的党，实事求是是一贯作风。最近，胡耀邦同志在中央机关八千人大会上宣布，清理不正之风要从中央机关开始。此乃虎年气魄时代威风，真盼那些"避错"者清醒清醒。

醋海行舟速止橹

中国人喜食醋，但却不愿意说出醋字来，所以宴上多以"忌讳"一语代之。何也？醋寓醋意也。

醋意在心理学上称之为忌妒。忌妒乃人之心态之一，始于童幼，天性也。然最甚莫甚于性恋之后，所以莎士比亚在他的长诗《维纳斯与阿都尼》中说："在爱情统治的王国，以拨弄是非为能事的忌妒自愿充当着卫士，""它是一个告密者，一个不祥的奸细，是引起纠纷、诽谤和烦恼的祸根，""它时而是谎言的传播者，时而又是真情的报信人……"是一"绿色眼睛的怪客"。它几乎与爱情俱在，像有关研究者说的那样，它是爱情生活中的组成部分，是谁也根除不了的。

金童不反对忌妒，因为他很赞赏瓦西列夫《情爱论》中的观点："使人的心境略添烦恼的忌妒是爱情所固有的。

它表示男女双方关系深厚，并且通过无形的途径促使双方相互追求。"但是金童不能不告诫他年轻的朋友们，忌妒同时又是恋人及夫妻生活中的潜在危险。特别是病态的忌妒，它时时都可能"造成一种怀疑和不信任的气氛，导致冲突而决不会有助于家庭的巩固，相反，多半会破坏家庭的基础（弗·季·利索夫斯基语）"。所以请你马上放下手中的长橹，切勿在醋海中远行。

病态的忌妒大多发生在固执专横自满小气或性格忧虑多疑、软弱而缺乏自信的人的身上，这种人极易陷入苦闷，喜欢夸大不愉快和危险，总是在等待自己的怀疑被证实。因此，对他们的态度稍有变化会即被察觉，甚至引起怀疑，或得出极端的结论。

据《爱情与道德》一书分析，病态的忌妒产生于担心失去心上人的恐惧心理。原因大抵有二：其一是不相信自己的力量，不相信能够永远令人喜欢和富有魅力；其二则是对心上人的评价过高，过于看重其在自己命运中的作用。于是便开始胡思乱想，想心上人变心，想自己被弃，并时常力图证实自己的预感。甚者则开始攻击谩骂，最后造成离散，甚至于自杀等悲剧性后果。

故而，金童诚望他的朋友们警之，并且告诫受忌妒折磨的人们别太看重一时的痛苦，你要想到你是真正的被爱者。

吃 山 者 戒

民间有句俗话，叫靠山吃山。语源虽无可考证，但传之广矣。靠山吃山，说得文些就是发挥自然优势，这是十分简单的道理。记得前些时，报上有篇文章，叫《靠山吃山靠得住》，介绍某地利用本地资源发展经济，读后不无感慨，于是便写下了这个文题。

我不敢妄谈经济，但对如何发挥人的自然优势却颇感兴趣。我有一个朋友，喜欢书画，孩提时就以板桥、孟頫自比，我曾笑他癫狂，他却不很介意。后来他当了一家企业的工会干事，整天写写画画，按说应感自愉，但他对此并不满意。他用烟酒钱换回纸笔，把所有的业余时间研进墨里。他说他不愿当书画匠儿，他要寻求艺术的真谛。他成功了，作品为他迎来了声誉。看来，他很懂靠山吃山这个道理。

但我们有些年轻同志歪曲了这句俗语的本意，误认靠山吃山就是吃本。他们有了文凭，有了舒适的工作便开始不求上进。班上高谈阔论带扯皮，班后酒杯扑克加象棋。书不摸，笔不提，久而久之，便将本来就不高的"山"吃成了平地。

宋代名相王安石曾为民子方仲永作记，言其五岁能诗，轰动乡里，但后因其父使之行乞，遂沦为俗子，使世人惋惜。王在记后曰："仲永之通悟，受之天也。其受之天也，贤于材人远矣。卒之为众人，则其受之于人者不至也。"他分析得很透彻。如果方父不贪小利，让仲永发挥自然优势，也许他会成为宋代最大的诗人。

写到这里，我想起一句成语，叫"坐吃山空"，希望"吃山者"们莫忘记。